De la Mano

del Ser,

Camino a Casa

Autor
Jesús Salazar
V.M. Rafiel

Contenido

Prólogo

Es para mí un honor tener el privilegio de escribir el prólogo de esta obra, que es desde ya triunfadora, de nuestro apreciado amigo y hermano en el servicio a favor de la humanidad, don Jesús Salazar Fernández. Jesús inicia con ribetes de oro en el libro del destino, la formidable carrera de instruir a sus coterráneos y al Mundo, como un novel escritor que promete a todos nosotros llevar bajo la guía de su pluma los tonos más entusiastas con el fin de incentivar en todos los diferentes niveles sociales del Mundo la búsqueda suprema, la conquista más preciada, el trofeo virtuoso de la victoria sobre sí mismo, la común unión del alma y la consciencia divina.

Conocí a don Jesús hace ya algún tiempo. Desde siempre se atisbó en él su entusiasmo de estudiar lo cósmico, lo universal, la creación en su totalidad. Como todos los que buscan la verdad y el conocimiento sutil, recorrió diferentes veredas del saber superior, esperando algún día dar con la gema preciosa de la sabiduría.

Bajo la guía y dirección del Ascendido Maestro Desoto y sus enseñanzas, don Jesús encontró lo que tanto anhelaba, una vía de auto educación que le permitiera trascenderse a sí mismo, y colocarse en contacto con lo místico y trascendente del Ser Crístico que todos buscamos y que llevamos en el centro de nuestro corazón.

Luego de lustros recorriendo el conocimiento del Ascendido Maestro Desoto, surge hoy, buscando la posibilidad sincera de ser un faro de luz, un referencial del conocimiento, para todos aquellos, que al igual que él, se hastiaron del flagelo de la ilusión y del sufrimiento infringido por los agentes egoicos y decidieron, de una vez y para siempre, iniciar el proceso de la superación personal integral. Jesús nos esboza cálidamente, como el alma navega por los diferentes reinos de la Creación en la búsqueda natural e intuitiva de la evolución y de la comunión con lo sagrado acentuando, en *La evolución de los reinos de la creación*, la trayectoria que en su humilde entender todos hemos recorrido y otros habrán de recorrer.

Dentro de las perspectivas creativas de la evolución don Jesús nos explica, en un lenguaje llano, sencillo y accesible a todos, cómo se suceden las diferentes manifestaciones de vida en el universo.

Afina en *La creación, sus manifestaciones y sus leyes* el potencial de amor e información que desde las nano-partículas, hasta las macro partículas, grandes formas estructurales de la creación, cómo todas están imantadas por el inmanente poder magnético del supremo hacedor; de la cuarta fuerza universal de la Creación.

Don Jesús nos desglosa magistralmente en el capítulo *Leyes que rigen las almas*, la necesidad perentoria, de trascender la consciencia inferior y conectarnos para siempre con un nivel superior de consciencia que potencialmente yace en el interior secreto de cada ser humano.

Dentro del enfoque de su enseñanza, el Ascendido Maestro Desoto legó a la humanidad los principios y técnicas esenciales para que la humanidad conquistara su propia redención y libertad interna.

Así mismo, e intentando alcanzar la ruta de su Maestro, nos presenta el escritor cómo podemos acariciar la posibilidad de acceder a *Manifestaciones superiores* de nuestra consciencia y de la consciencia universal de la creación, a fin de entrar en balance con el orden cósmico. Ese antiguo orden buscado por todas las más prestigiosas y antiguas tradiciones de realización interior, que han cursado actividad en el planeta en las diferentes eras y períodos.

En un esfuerzo de llevarnos a respetar y a venerar la naturaleza como agente vital que sustenta todas las criaturas vivientes, el autor nos lleva en retrospección a considerar *El principio de la creación*, como una sugestiva metáfora que trata de colocarnos en un principio y en un fin incondicionado, para conocer las grandezas del cosmos y las bellezas de los diferentes universos.

Así como nos indujo a un potencial principio creacionista, desde una perspectiva virtual, nos lleva también a la realidad trascendente de cuando un alma, preparada ya por las múltiples corrientes evolutivas del saber se encuentra en el punto existencial que la obliga a la madurez, a la reflexión y a la necesaria meditación. Así abrazar la guía de aquellos seres que ya recorrieron antes que nosotros el camino de la evolución y quienes evidentemente, al trascenderse a sí mismos, lograron una comunión tal con el creador, que realizándose en uno con la divinidad interior, del padre celestial y la madre celestial, se escaparon al insondable reino de lo eterno y lo permanente.

Es aquí cuando nos plantea la necesidad del alma al factor constructivo de la disciplina conscientiva, y la urgencia de la guía de un preceptor, de un maestro, de un gurú. En *Obediencia de un discípulo a un maestro*, cuando deposita su percepción y vivencia al lado del Ascendido Maestro Desoto, en aquellos momentos en los cuales tanto física, como por la vía de los libros y CDs de conferencias, accedió a la información exacta de un genuino líder de la espiritualidad crística.

Las enseñanzas del Ascendido Maestro Desoto, tienen un propósito esencial, despertar a la humanidad del estado de inconsciencia en el cual se encuentra actualmente. Concienzarla en relación al factor egoico que somete la mente del ser humano a la esclavitud sicológica, y la imperiosa necesidad de libertad interior que nos urge. Rasgar en la mente y consciencia humana el velo de la ilusión y fascinación por lo perecedero, elevándola a través de místicas fórmulas exactas de auto-trascendencia, al reino genuino de la realización integral. Es así como en *La sociedad durmiente*, lanza Don Jesús Salazar un llamado de alerta a los ayees lastimeros del día a día, que consume a la mayoría de la humanidad.

En su novel visión nos pincela desde lo simple *El camino del iniciado y la emanación del conocimiento divino*, con el propósito seguramente, de que nos demos la oportunidad de encontrarnos a nosotros mismos en nuestro corazón. El lograr las posibilidades supremas y nobles que el mismo Cristo Jeshua Ben Pandhira nos legara al decirnos en los evangelios: "Vosotros decís, que tengo demonio y además me apedreáis porque os digo que todas las obras que por mi son hechas, devienen de mi Padre Celestial. ¿No os fue dicho acaso desde los tiempos de Moisés que vosotros dioses sois?

De modo que nos induce a la posibilidad de reconciliarnos con la consciencia divina. Entrar en paz con el planeta y con todas las diferentes formas de vida que en él hay y lograr la armonía plena que todos en este mundo estamos, de múltiple forma buscando; el amor incondicional que todos estamos anhelando.

Persigue don Jesús, con esta obra desde su perspectiva y experiencia, lograr la posibilidad de que todos nosotros conozcamos también que en este mundo existe una federación de asociaciones de ayuda social, ecológica y cultural

(FIADASEC). Fundada por el Ascendido Maestro Desoto, esta es una organización de proporciones colosales así como de gestiones efectivas y nobles, dirigida al servicio consciente a la humanidad. Tal vez sin proponérselo don Jesús hacer notar que todo el amor e intención que él ha puesto y colocado en este libro tuvo su principio y carácter formativo en esta noble organización.

Sigue seduciéndonos con su amor por todos los reinos. Nos sumerge en *La naturaleza fuente de vida*, para colocarnos en la consciencia de que si continuamos nuestra guerra y maltrato a nuestra madre naturaleza, un día los mecanismos de defensas naturales de la tierra tendrán que establecer un balance de orden cósmico que salve la posibilidad de renovación de las especies en nuestro mundo. Potenciando así nuestro dilecto amigo, la necesidad de reconciliarnos con el dévico y dulce esplendor de la Creación.

En sus grandes aspiraciones de llamarnos a la consciencia y a la atención hacia todo lo creado, nos describe en *El cosmos y sus vibraciones*, la importancia de las longitudes de ondas. Resonancias y frecuencias que integran todas las estructuras de nuestro mundo, y del espacio infinito sagrado y creativo.

Batallando consigo mismo por darnos lo mejor, produce desde sí el canto sagrado que nos invita, *Revolucionando nuestra consciencia interior* a danzar la comunión con los mejores valores del Ser integral. Sacando de nosotros los pensamientos negativos y cultivando los pensamientos positivos y de más alta frecuencia vibratoria, que tienen su origen en el amor incondicional y en la consciencia superior.

Profundizando en sus dulces y tiernas inquietudes, nos plantea con deleite lo que son *Las energías y sus manifestaciones*. Guiándonos de la mano con sus intuiciones hacia el insondable reino de la posibilidad evolutiva. No sólo del alma existencial, como ser que recorre y recorrió el estadio humano, sino también la posibilidad de vislumbrar las inmensas dimensiones del supremo Dios de todo lo que existe. Como los dioses según su experiencia e investigación, también se mantienen en la dinámica continua, más allá del tiempo y del espacio perecedero, en la perfecta evolución.

Nos deja atisbar con reservada notoriedad la interrelación de las diferentes frecuencias de energía y como se relacionan, cognitivamente con la consciencia de todas las entidades creadas, y con los diferentes estados dimensionales del mundo de la energía.

Después de años de trabajo para la comunidad de Carolina en Puerto Rico, sirviendo no sólo su tiempo, sino también su dinero, y la calidad de vida de su familia. Se lanza pues finalmente al campo donde todos los servidores son probados y seremos probado siempre. El mundo de la plasmación de las ideas superiores, en simples notas de luz que lleven mejor información y conocimiento a la sociedad que nos rodea. Con fines de hacerla mejor y llevarla a un nuevo nivel cada día; de hacerla con cada amanecer una sociedad más sana y más consciente.

En su formación interior, don Jesús se convirtió en un educador y motivador del desarrollo integral. En un Terapeuta de la sanación por imposición de manos. En un Sanador del sistema Reiki y, por qué no decirlo, en un inspirador de los auténticos buscadores de la superación integral y de la verdad.

Si continua por los derroteros de la nobleza, el servicio y la búsqueda intensa de la verdad, algún día esta última se instalará en él y podremos contar con un hombre que, después de intensas y duras batallas buscando lo mejor de sí, logrará con Dios por delante conquistar el supremo trofeo de la victoria. La integración con su propio y sagrado Ser, para seguir apoyando la labor inmensa de servicio que fuera iniciada e inspirada por nuestro Amado Maestro Desoto.

Sirva pues, *De la mano del Ser, camino a casa* como un "life motive", para los que principian la búsqueda interior. Para aquellos que ya empezaron a sentir la urgencia de una brújula auténtica, como un motivo de esperanza, como un motivo de infinitas posibilidades para acceder a FIADASEC, encontrarse con el conocimiento del Ascendido Maestro Desoto y luego, maduros en su despertar, sólidos en sus propósitos, valientemente decididos a ser mejor, se enrumben con certeza por un camino seguro. Como éste, que nos principia este sencillo y hermoso libro, esta novel obra, de proporciones altruistas, este testimonio de genuinas inquietudes del escritor.

Saludamos con respeto sincero, y con gran amor este valioso texto del conocimiento integral y espiritual. Dirigido a una humanidad altamente necesitada, a una humanidad que cada día se pierde más en sí misma y que ya ha de recibir por esta vía, el incentivo justo según las corrientes universales y cósmicas, para reencontrarse en su divino y sagrado reino del ahora, en la comunión con la presencia sagrada, ante su sagrado Cristo Interno.

Felicidades don Jesús Salazar Fernández, por haber traído al mundo tu primer hijo del saber, la primera joya de su consciencia, los atributos de la experiencia, el estudio multidisciplinario integral, la reflexión profunda y la buena voluntad de dar lo mejor de ti al mundo.

Realmente felicidades apreciado servidor de sociedades, por consolidar los mejores propósitos de tu Ser, los mayores esfuerzos de tu vida y la entrega de tu amor y colaboración a los sistemas educativos de la sociedad.

Algún día, si Dios así lo establece, te serán pagados en su justa medida, los desmedidos esfuerzos que has estado entregando a la comunidad de Carolina Puerto Rico y a todo aquel que ha necesitado la ayuda de una mano amiga y caritativa.

De mi parte, agradezco las atenciones que siempre, con mucho amor, nos dispensan tanto a mí como a mi reina adorada.

Agradezco también el que, aun sin ser un personaje de importancia, me tuviera en consideración para prologar este interesante libro que ha de llevar al despertar de grandes inquietudes en todo ser humano que tenga acceso a él. Bendiciones para todos los que lean este bello libro y que puedan servirse de él utilizando la lupa de la consciencia y la agudeza de sus intuiciones.

Su amigo, hermano y servidor,

Horacio Gratereaux
Instructor Internacional de Fiadasec

Nota de Agradecimiento

En esta presente obra titulada *DE LA MANO DEL SER, CAMINO A CASA* le doy la más sincera gracias de agradecimiento a mi querida hija July Jerubí Salazar Matos por haber empleado tanto esfuerzo para que esta obra saliera a esta humanidad que tanto necesita de este conocimiento. Mil gracias por nunca decir "no puedo" y siempre estar disponible tarde y noche.

También le doy las gracias a ese grandioso hermano y compañero del camino iniciático Horacio Gratereaux por tan magistral prólogo que aportó para que esta gran obra saliera triunfante.

Especialmente, a mi grandioso, querido y amado por siempre Venerable Maestro Ascendido Desoto, mi gurú, quien siempre me guió por este camino y por tantos años juntos. A él le dedico mi primera y gran obra titulada *De la Mano del Ser Camino a Casa*. Gracias maestro.

Su autor:
Jesús Salazar Fernández

Biografía

Jesús Salazar es un ser humano dedicado a ayudar a la humanidad formando diferentes grupos espirituales a nivel internacional, impartiendo cientos de conferencias en P. R. y en otros países.

Sus trayectorias lo han llevado a obtener grandes niveles de conciencia ayudando a otros a escudriñar los misterios que encierra el camino de la alta espiritualidad superior. Sus enseñanzas han sido como escalones de luz para todos sus discípulos. Ha escrito 14 obras literarias con alto contenido de conocimiento divino.

Actualmente es fundador de la Confederación de Instituciones Internacionales, INCYS, en la actualidad sus enseñanzas cruzan los mares llegando así a elevar la conciencia de aquellos que pertenecen a esta confederación.

Su obediencia ante sus diferentes gurús fue como cátedra para el comportamiento de otros que seguían este camino y que por descuido espiritual se han descarrilado.

De quien hablamos es un ser muy especial y dedicado a elevar el nivel de conciencia de todos aquellos que a su confederación se acerquen.

Su dedicación a ayudar a la humanidad es firme, lo hace con la nobleza que le caracteriza su maestro interno, su misión la cumple con firmeza y con mucho amor hacia aquellos que andan en busca de un cambio radical dentro de la sociedad.

Ese es nuestro guía el V.M. Rafiel.

En Busca del Regreso a Casa

Cuando el buscador del verdadero camino encuentra una escuela iniciática, tiene que saber que cueste lo que cueste tiene que dejar la vida común y corriente del mundo de la ilusión, también tiene que dejar atrás lo que es el mundo intelectual, no queremos decir que el intelecto es malo, sino que eso puede ser un obstáculo para poder seguir el camino espiritual, porque no pueden mezclar lo que es espiritual con lo material y lo intelectual.

No es muy bueno ya que usted encuentra el mundo espiritual que intelectualice el conocimiento que emana de la divinidad.

Existen muchos seguidores de este conocimiento que por estar analizando y por estar intelectualizando la enseñanza que nos dan los maestros ascendidos salen del camino que los conducen a nuestro verdadero hogar y luego vuelven a convertirse en buscadores de la verdad.

Sería un éxito someter al intelecto al mundo espiritual, pero sería un fracaso someter el mundo espiritual al intelecto, porque caeríamos en el análisis de las enseñanzas divinales.

No es lo mismo comprender que analizar, pero tampoco es lo mismo creer que saber, tenemos que convertirnos en verdaderos investigadores del conocimiento divino; el investigador sabe, pero no cree.

El verdadero camino que conduce a Dios comienza por respetar todas las leyes que existen dentro de la creación, no violando las leyes de la naturaleza, ni las leyes del cosmos ni tampoco matando los animales del bosque.

Si no hacemos eso entonces se podría decir que estaríamos respetando a Dios y sus leyes.

La humanidad hoy en día se encuentra en un profundo sueño, no respeta la vida de ningún ser vivo, no quiere saber nada que venga de Dios, son muy poco los que en este tiempo están despertando, esas son almas que ya están cansadas de su andadura de las diferentes existencias y que ya quieren despertar del sueño en que se encuentran y quieren encontrar el camino de regreso a casa de donde un día salimos en busca de experiencias, como dice el Venerable

Maestro Ascendido Desoto: "Somos almas desprendidas de Dios".

La humanidad vive dentro de la inconsciencia, no conoce lo que es la conciencia ni tampoco sabe cómo se construye la misma.

La humanidad tiene que preguntarse: ¿Quiénes somos nosotros? ¿De qué tiempo hemos venido? ¿Cuál ha sido nuestro origen como alma? ¿Qué somos en la Creación?

Tenemos que saber que no somos máquinas pensantes, que de algún lado hemos venido a esta existencia y que alguien nos rige nuestros actos buenos y malos.

Nosotros como conciencia en el reino humano nos hemos convertidos en polillas humanas dentro de nuestro planeta, destruyendo todo lo que está alrededor nuestro; destruimos los bosques, contaminamos los cuerpos de aguas, matamos los animales y en general destruimos la naturaleza por el paso de nuestra existencia convirtiéndonos en polillas en nuestro reino humano.

Tenemos que tener conciencia de que somos parte de la naturaleza y de la creación; todos los reinos tienen sus leyes y no podemos violar dichas leyes.

Sabemos que hay personas de muy bajo nivel conscientivo que no saben que existen ni tampoco saben quiénes somos, viven como máquinas dentro de la sociedad que lo rodea.

Si la humanidad conociera, aunque sea un poco lo que es la conciencia, no existiera personas con tan bajo nivel conscientivo y evolutivo, no existiera tantas maldades.

Son muy pocas las personas que quieren verdaderamente cambiar.

Lo primero que una persona tiene que hacer para cambiar es buscar una escuela iniciática donde se hable de la limpieza de nuestra alma, de nuestra personalidad y de nuestro interior, donde se desarrollen temas de alto nivel espiritual y donde se hable de la evolución de nuestra alma; ya encontrando una escuela iniciática tenemos que comenzar hacer una transformación radical con nuestro interior, cambiar de un mundo a otro; del mundo de la ilusión al mundo espiritual.

El mundo de la ilusión lo que hace es comprometernos más con las leyes kármicas, hundirnos más al sufrimiento y al delito.

Si nos enfocamos más en el mundo espiritual podemos ser más sencillos, más serviciar y podemos dedicarnos a ayudar a la humanidad que tanto necesita la ayuda espiritual; una vez estando en este mundo podemos cambiar nuestras actitudes negativas que tanto nos perjudica y que tanto nos hunden en el fracaso y en el abismo de este mundo de ilusión.

Un sufrimiento tiene su origen en la violación de las leyes, sean de la naturaleza o en general de la creación.

Muchas personas sufren y no saben que ese dolor por el que se está pasando en ese momento tiene un origen que la misma persona lo generó en un momento de su vida, sea de esta existencia o de otra vida, cargando así todas las deudas kármicas de existencia en existencia, los delitos cometidos cn contra de cualquier persona o de algún animal o en contra de la naturaleza generan karmas o deudas que hay que pagar con sufrimiento o dolor.

Nosotros somos los causantes de nuestros sufrimientos. Las leyes de Dios son perfectas, Dios no castiga a nadie, uno mismo es el que se castiga por violar las leyes que nos rigen en este mundo.

Si los seres humanos no infligieran las leyes no estuviéramos que pagarle nada a la creación ni a las leyes divinas.

Las Energías y sus Manifestaciones

Cuando las energías se condensan nacen las formas, entonces, categóricamente podemos afirmar que todo está dentro del cuerpo de Dios. Eso nos da a entender ese gran conocimiento del Venerable Maestro Ascendido Desoto, cuando dice que el Cosmos es el cuerpo vivo de Dios y que todo está dentro de él.

La continuidad está dentro de las formas. Existe la continuidad, ésta se encuentra dentro de las formas porque si no existiera Dios, no existieran las formas ni tampoco la continuidad. En capítulos anteriores hablamos de la evolución de los diferentes reinos de la Creación, así es que todo evoluciona, lo hacen los ángeles y también los dioses. Entonces, existe la continuidad de las formas dentro de la Creación.

Cuando el alma evoluciona pasa a formar parte de otro reino que es el de la Luz, entonces, ya pasa a tomar otra forma dejando atrás la humana que es lo mismo que evolucionar a otro reino; como lo dicen los capítulos anteriores.

Nosotros los seres humanos venimos evolucionando a través de las diferentes formas de los reinos de la naturaleza, actualmente tenemos una forma física humanoide que nos hace pensar y razonar como humanos que somos.

Los reinos de la naturaleza tienen sus diferentes facetas de formas. Cuando todas esas facetas se terminan, entonces viene la evolución de las formas pasando a través de la evolución a otro reino para tomar una forma más evolucionada.

Tenemos que hacer un trabajo con nuestro interior para poder llegar a formar parte de otro reino más evolucionado, tenemos que purificar nuestro interior para pertenecer a otro nivel superior de consciencia y así trascender nuestra forma para convertirnos en luz.

El camino evolutivo es la puerta de la ascensión, es la que nos lleva a la liberación de nuestra alma, es la que nos une con nuestro padre muy amado. Tenemos que unir el conocimiento del alma con el conocimiento de nuestro Dios Interno, con ese Dios maravilloso, luminoso que espera por nuestra llegada victoriosa.

Hay que trascender todas las formas que existen en la Creación, hay que trabajar para poder lograr la unión permanente con Dios. Tenemos que convertirnos en Jerarquías Divinas, en dioses y en los omnipresentes.

Hay que conocer las Profundidades Divinas del Creador, tenemos que calar peldaños espirituales, grados y más grados para liberarnos de la prisión de las formas. En cada forma obtenemos diferentes grados de consciencia, esos grados son el cúmulo de sabiduría que nos da el crecimiento espiritual, es lo que nos hace avanzar en el camino directo hacia el creador.

Tenemos que perfeccionarnos en el camino evolutivo de Dios, tenemos que cumplir nuestra misión ayudando esta triste humanidad doliente, ayudando a la humanidad nos ayudamos nosotros mismos.

Somos trabajadores de la luz y tenemos que convertirnos en luz para seguir ascendiendo a otro grado más superior de consciencia.

¿Qué son las manifestaciones de Dios?: Las manifestaciones de Dios en el Cosmos son todas aquellas que se manifiestan a través de todo lo que tenga vida y movimiento; todo lo que posee movimiento, vida, energía, luz, consciencia y materia, ahí está Dios manifestado.

En las estrellas enanas, en las mega-estrellas y en los diferentes e inmensos soles que existen en las profundidades del Cosmos, ahí está la manifestación de Dios dándole la vida a todo lo que existe. Dios está dentro de los reinos desconocidos por los seres humanos.

Existen reinos no conocidos por esta humanidad en las profundidades del Cosmos, en Sistemas Solares y en Galaxias muy distantes a la nuestra. Existen humanidades muy diferentes a la nuestra y también existen dentro de esas humanidades reinos no conocidos por nosotros los seres humanos, son formas de manifestaciones distintas a la nuestra pero no dejan de ser manifestaciones vivas de Dios.

Dentro de todas las dimensiones, sean inferiores o superiores, se encuentra la presencia de Dios; en el mundo de los sueños y en la Eternidad también está Dios manifestado.

En los elementales del aire, tierra, fuego y en el agua se encuentra la vida, se encuentra el movimiento y la energía que es lo mismo que la manifestación de Dios. En las virtudes del ser humano, en el verbo y en las palabras expresadas ahí encontramos a Dios.

En el viento que sopla en las montañas, en el agua que fluye a través de los ríos, en el cantar de los pájaros que vuelan en los campos, en los valles, en el mundo animal de la selva, en las noches obscuras, en el nuevo amanecer de un nuevo día claro; ahí se encuentra Dios diluido en energía y en vida. En la vida desconocemos el porqué de todas las cosas, desconocemos el porqué existimos, de dónde proviene nuestra alma, no conocemos las dimensiones que existen y que encierran tantos misterios. Nosotros los seres humanos tenemos que convertirnos en buenos investigadores de los desconocidos, tenemos que comenzar por investigarnos nosotros mismos.

Nuestra humanidad se encuentra sumergida en el venir de las existencias, se encuentra completamente dormida, no sabe ni que existe porque todavía sc encuentra en el sueño de las existencias que van y vienen. No saben quién es Dios ni dónde está, pero tampoco conocen qué cosa es la vida ni de dónde proviene, mucho menos conocen de dónde vienen.

Tenemos que descubrir qué son las existencias y por qué existen. Nosotros somos almas viajeras que andamos en busca de nuestra liberación, de nuestra purificación; como dice el Venerable Maestro Ascendido Desoto: Somos chispas desprendidas de Dios que buscan cumplir una misión a través de las existencias de las diferentes dimensiones y las diferentes formas que existen en la Creación.

Nosotros como almas tenemos que llegar al origen de donde un día salimos en busca de las diferentes experiencias para obtener una consciencia superior.

En todos los organismos vivos se encuentra la energía diluida y en cada átomo viviente. La energía se encuentra en el mundo mineral, vegetal, animal y en todo lo que tiene que ver con los reinos vivientes de la Creación. Existe la energía sustancial, la energía vital, sexual, molecular, celular; existen las energías en los árboles, en la tierra, en el aire y en todo lo que existe se encuentra las diferentes energías que también son una manifestación de Dios.

La energía se encuentra diluida en el cosmos, en los universos, las galaxias, los sistemas solares y en los millones y millones de mundos a nivel cósmico, porque la energía está dentro del cuerpo de Dios, porque cada cuerpo posee su propia energía, y estamos hechos a imagen y semejanza de Dios.

Si no existiera la energía dentro del cuerpo de Dios no existiera la vida ni tampoco el movimiento. Ejemplo: un cuerpo sin energía no puede vivir, sería una materia sin vida.

Los componentes de la Creación son los siguientes: energía, materia, movimiento y vida; no existiera la Creación sin estos componentes.

Existen los cuerpos de energía, ya estamos hablando de una manifestación a nivel de Maestros con cuerpos de pura luz brillante y de energía que emana de las dimensiones superiores que existen en el cosmos. Dentro de las profundidades del cosmos infinito se encuentran puras manifestaciones desconocidas, manifestaciones que ni los dioses santos conocen. Estamos hablando que existen reinos divinales no conocidos por los dioses, como existen los manifestados también existen los inmanifestados; hay grados y grados, escalas y escalas, Querubines y Serafines, Tronos y Potestades y denominaciones. En realidad estos son consciencias no manifestadas ni conocidas por los seres humanos que todavía estamos dentro de las formas de este reino humano.

Aún nos faltan miles y miles de años para poder alcanzar estos grados de consciencia superior, tenemos que trascender las diferentes formas que aún nos quedan por evolucionar. Hay que hacer un trabajo interior y trabajar por la luz para poder cumplir nuestra misión en esta tercera dimensión.

A través de todos los tiempos hemos conocido las diferentes culturas, civilizaciones, sean antiguas o presentes. En este capítulo también vamos a hablar de las culturas del alma; así como existen tantas almas también existen las distintas culturas que habitan la Tierra. El alma necesita de las culturas y las culturas necesitan del alma para poder avanzar en el camino de ascenso hacia la evolución y su purificación.

Cuando el alma toma cuerpo físico por primera vez, el cuerpo humano, comienza a caminar por las diferentes culturas que existen naciendo así en lugares con culturas diferentes y a través de sus largos recorridos va obteniendo la consciencia, sea positiva o negativa. Así como en el mundo animal existen los distintos cuerpos evolutivos para pasar de un reino a otro, también nosotros como almas necesitamos de las culturas para poder evolucionar del reino humano al reino de las energías.

Este tema también fue tocado por mi amado Gurú, el Venerable Maestro Ascendido Desoto, que sigue siendo mi guía espiritual.

La Naturaleza Fuente de Vida

Cuando hablamos de la naturaleza nos referimos a algo muy majestuoso y grandioso y a la vez es lo que hace posible la vida en el planeta y cuando hablamos de la vida y el planeta tenemos que pensar que el planeta es nuestra casa y que también la vida en él es esencial; sin naturaleza no hay vida, por eso hay que cuidar los pájaros, los animales, los bosques y los ríos.

Si el ser humano no cambia su forma de pensar y su conciencia vamos a llegar a un punto donde la vida se exterminaría en nuestro planeta Tierra.

Si la naturaleza muriera por culpa de nuestros malos ejemplos se exterminaría la vida en nuestro querido y bello planeta, porque sin naturaleza no hay ríos, no hay mares, bosques, montañas, valles, cordilleras ni flora; en sí, la naturaleza es vida porque en ella está Dios, en las plantas y en todo lo que existe.

El ser humano es hijo de Dios, por lo cual tiene que amar la naturaleza porque ella es lluvia, es sol y es amor.

Nosotros vivimos por la naturaleza y ella nos da sus frutos, si llegamos a ser conciencia, en qué paraíso estamos viviendo lo amaríamos cada día más.

Así como las estrellas necesitan del universo para poder habitar en el firmamento, también el planeta necesita de los ríos, mares, aire y las nubes, sin estos elementos el planeta no tuviera vida, pero el ser humano cada día que pasa lo está matando poco a poco, se ha perdido la conciencia de lo que es nuestra casa "El planeta Tierra".

Los beneficios de nuestro planeta son: nos da oxígeno, alimento, techo, agua, transportación, ropa, electricidad y muchos más, ¿y usted qué le da?

Los campos son lugares donde se hacen contacto directo con la madre naturaleza. En los campos habitan los animales, los pájaros silvestres y un sin número de seres vivos que se benefician de los frutos de la naturaleza.

En los ríos existen variedades de seres vivos como viven los insectos en la maleza.

La realidad es que la riqueza más grande y sublime que hay sobre la Tierra es la hermosa madre naturaleza, sin ella no existieran los barcos, los aviones, los árboles, las aguas ni el viento, etc.

Querido lector en la época en la que vivimos los seres humanos hay que saber que casi nunca se respeta la vida sobre la Tierra, tanto así que cada día que pasa avanza la deforestación, terminando con los diferentes tipos de vida que hay en los reinos existentes.

Existen tantas vidas de animales y pájaros que se encuentran en peligro de extinción.

Si la naturaleza nos llegara a fallar será el fin de nuestra vida sobre la Tierra, por lo tanto, hay que respetar la vida silvestre, así como a la naturaleza.

El ser humano tiene que hacer conciencia sobre sí mismo, para saber que nosotros mismos somos la misma naturaleza en miniatura y que somos creados por el creador de todas las cosas.

Cada día mueren ríos, bosques y criaturas de diferentes especies por culpa del ser humano.

La deforestación avanza a paso agigantado, hay que ponerle fin a ese proceso que está acabando con la vida silvestre y que está destruyendo nuestro planeta Tierra.

Querido lector esperamos que cada uno de nosotros hagamos conciencia de que nuestra vida hay que respetarla, así como la vida de todas las criaturas de la naturaleza y del universo para así contribuir con el bienestar del planeta Tierra y todos sus reinos vivientes.

La gente común y corriente del montón no conoce lo que son los misterios que encierran los reinos de la naturaleza y de la creación.

Nosotros tenemos los mismos componentes de nuestro planeta, tenemos energía, movimiento, vida y materia.

Nosotros venimos de los reinos anteriores, esos reinos son: el vegetal, animal y el mineral.

Si no fuera por la naturaleza no existiera la medicina. Todas las enfermedades se curan a través de los medicamentos que provienen de la naturaleza y sus reinos, sean vegetales o minerales.

Si la esencia de nosotros no viniera de la naturaleza nuestro cuerpo físico no se pudiera curar, nuestro cuerpo se cura porque existe una relación entre la naturaleza y los seres humanos.

Nosotros tenemos los mismos elementos de la naturaleza y del planeta. Nuestro planeta Tierra es un ser viviente donde existe la vida en los diferentes reinos vivientes donde fluye y refluyen las diferentes formas de vida, unos son elementales y otros son esencias evolutivas con sus diferentes procesos ascendentes.

Nuestro planeta Tierra tiene todos sus elementos para que se conformen las diferentes formas de vida. Los árboles son elementales maravillosos, son esencias que van camino hacia la evolución, van directo al mundo animal, esos elementales se encargan de distribuir el oxígeno a través de los árboles y la vegetación de ese reino.

También tenemos el elemento aire que de acuerdo con el Dios Pavana se encargan de distribuir el aire para darle vida a todo ser viviente que existe; también otro elemento lo es: el agua, su Dios es Varuna, sin ese elemento no fuera posible la vida en ningún reino de la naturaleza, todas las plantas se secarían, tampoco existieran los ríos, la lluvia ni el rocío de las plantas.

Si no fuera por el elemento agua no existiera los peces en los ríos y mucho menos en el mar no sería posible la vida marina; son muchas las cosas que dejarían de existir.

Qué dijéramos del elemento tierra, ahí se encuentran sostenidos todos los reinos que tienen que ver con el planeta y con la naturaleza, el planeta necesita del elemento mineral, dentro de ese reino existen las piedras preciosas, los metales de diferentes tipos y con diferentes influencias, incluyendo las minas de oro y plata, bauxita, etc.

Todos esos elementos son los que sostienen la vida de los demás seres vivos que existen en la naturaleza y en el planeta Tierra.

Entonces tenemos que hacer conciencia que el planeta conjuntamente con la naturaleza, tenemos que cuidarla como cuidamos nuestro hogar, porque dentro de él nosotros vivimos; el planeta nos lo da todo y nosotros no le damos nada, incluso le hacemos daño contaminándole los cuerpos de aguas, arrancándoles los árboles, matando los animales del bosque, violentándoles las leyes; no tenemos conciencia del daño que día a día le hacemos a nuestro propio hogar (el planeta Tierra).

El Cosmos y sus Vibraciones

Así como existe el pensamiento positivo también existe el negativo; a nivel cósmico se encuentran las vibraciones positivas provenientes del Sol Central de Sirio, en el cosmos se encuentran diluidas las energías positivas, esas energías están en todos los seres vivos de todos los reinos existentes, esas son las energías que le dan la vida a todo lo que existe a nivel de todos los sistemas solares.

Nosotros los seres humanos que pertenecemos a la Tercera Dimensión recogemos las vibraciones negativas y la transformamos en pensamientos negativos, pensamientos que nos convierten en personas muy perversas puramente pesadas hablando negativamente. Nos convertimos en personas no gratas dentro de la sociedad y todo se debe porque nosotros no vigilamos nuestra mente y le abrimos la puerta de la mente a esas vibraciones provenientes del Espacio Vibracional.

El espacio, el cosmos, tiene sus influencias y también sus conexiones con todos los seres vivos de todos los reinos. Tenemos que saber que desde el momento en que nacemos venimos con esa conexión energética vibracional, entonces tenemos que saber y comprender que estamos conectados con todos los tipos de energías provenientes del cosmos Infinito.

Porque a través del espacio y del cosmos es que provienen las energías y todo tipo de influencias que nos rigen a nosotros en este planeta.

Todos los Sistemas Solares con sus planetas tienen sus vibraciones con el cosmos y todo lo existente que se encuentra dentro de sus vibraciones. Nosotros tenemos nuestras propias vibraciones, sean positivas o negativas de acuerdo a nuestra manera de pensar, y si pensamos negativamente estaremos conectados con las vibraciones negativas.

Si no existieran las vibraciones positivas, negativas y neutral, no existiera ni el bien ni el mal ni mucho menos el equilibrio. Tenemos que saber que la forma de pensar de nosotros los seres humanos define a qué o cuál energía estaremos vibrando. Tenemos que definir nuestra forma de pensar. Nuestra mente es neutral, la mente se puede usar para el bien o para el mal, somos libres para pensar, si seguimos vibrando con los negativos jamás encontraremos el camino de nuestra evolución, de nuestra alma y de nuestra forma humana.

Tenemos que vibrar con nuestro Ser que vive y palpita en nuestro interior, con ese Ser que vive en cada ser humano, que es la mayor vibración positiva: Dios.

Cuando el alma se purifica se produce una vibración energética en nuestro interior, emanando de nuestro Ser pura luz y energía, una energía de nuestro Dios interno. Entonces, entramos a una escala ascendente convirtiéndonos en seres energéticos dándole paso a la evolución de nuestra materia para pasar y formar parte de una dimensión de pura luz y energía; esto nos da a entender que la materia se transforma en energía y que también evoluciona.

Según las investigaciones de ese grandioso Ser: El Venerable Maestro Ascendido Desoto que dice: Que la más mínima criatura que existe en la naturaleza y dentro del cosmos Infinito que es el cuerpo vivo de Dios, evoluciona, que hasta los dioses evolucionan. Nosotros somos energía y materia a la vez, solo que tenemos que transformarnos en espíritu y en energía.

Nuestro real Ser que mora en secreto dentro de nosotros posee diferentes cuerpos, cuerpo de luz, de pura energía y cuerpo de fuego. Solo tenemos que hacer un trabajo de purificación de nuestra alma para poder tener acceso a estos cuerpos. Tenemos que vibrar con la energía de nuestro real Ser para alcanzar un grado superior dentro del camino que nos conduce a la alta espiritualidad, para de una vez y por toda evolucionar nuestro cuerpo de materia.

Si observamos que cuando cortamos una planta o un árbol perteneciente al reino vegetal, inmediatamente se le va la vida, dándonos a entender que ahí, en esa planta o árbol existía la vida y si existía la vida también existía la energía proveniente del planeta Tierra. Entonces, tenemos que saber que nuestro planeta Tierra nos da la vida y la energía para poder existir. El planeta es un ser viviente que también absorbe las vibraciones cósmicas del Espacio Infinito.

El planeta Tierra es un ser vivo que posee la tercera parte de agua como nosotros los seres humanos, también poseemos los mismos componentes que posee la Tierra porque también somos seres vivos. Todo ser viviente de la Tierra posee los mismos componentes. Estamos hechos según el planeta porque poseemos los mismos: materia, energía, agua, movimiento, espíritu y vida.

Nosotros los seres humanos sabemos que nuestro planeta es un ser viviente, que posee vida y que también nos mantiene de todo lo que necesitamos para poder vivir dentro de él, pero aún así seguimos haciéndole mucho daño, contaminándole los cuerpos de agua, matándole y destruyéndole los bosques y todos sus reinos que en él habitan.

Si a los seres humanos nos sacarán la sangre de nuestras venas moriríamos, así también moriría el planeta si llegarán a sacarle el petróleo de sus venas.

Si llegara a colapsar la vida de nuestro planeta, ¿qué sería de la vida de nosotros los seres humanos? Sería un caos para todos los seres vivientes que habitamos en él, incluyendo todos los reinos vivientes de la naturaleza, como también de todos los sistemas que se alimentan de la energía del mismo planeta; sería el gran cao de nuestra humanidad y por supuesto el fin de ella.

Se quedarían millones de barcos anclados en los diferentes muelles del mundo entero, no habría electricidad para ninguna industria; entonces no solo las industrias sufrirían también lo haría la transportación como: los millones de aviones en distintos aeropuertos del mundo. También la vía terrestre incluyendo los millones de trenes en las inmensas naciones y siguiendo esa línea, estaría los billones de automóviles a nivel mundial. Desaparecería la comunicación incluyendo la radio, la televisión, etc.; ese sería el pago de todos los delitos cometidos por esta inconsciente humanidad que no conoce que la Tierra es un ser vivo y que tiene un espíritu como nosotros.

Cabe preguntar, ¿cuántos barriles de petróleo se le sacan diariamente a nuestro planeta?, ¿cuántos bosques se talan diario en todo el planeta?, ¿cuántos cuerpos de agua se contaminan? y ¿cuántos son los océanos que se usan como basureros? He ahí la consciencia de nuestra humanidad, estamos matando la vida del planeta; sin energía no podemos vivir y mucho menos sin oxígeno.

Nuestro planeta tenemos que cuidarlo como nuestro propio hogar. Hay que hacer consciencia que dentro de él es donde nosotros vivimos, él nos da alimentos, oxígeno, agua, techo y en realidad, la vida;

nos lo da todo y nosotros, ¿qué le damos? Nada.

La Sociedad Durmiente

La humanidad tiene su origen en la luz, y a través de todas sus existencias tiene que volver a ella, siempre andan en busca del camino espiritual, para poder llegar de regreso a casa, de donde un día salimos en busca de experiencias; pena que cuando encuentran el camino su propia personalidad no lo ayudan a despertar del sueño al cual han sido sometidos por todas las existencias que han tenido y todas las personalidades.

Hay que tener firmeza en el camino de regreso a casa, porque son muchos los procesos al cual tenemos que ser sometidos para poder limpiar nuestra alma de la deuda kármica que nos hemos ganado a través de las existencias la cual hemos tenido.

Son muchas las personas que andan en busca de la luz, pero son muy pocos los que aceptan la realidad cuando llegan al verdadero sendero luminoso para comenzar a pagar nuestra deuda que tenemos con la ley divina, con la naturaleza y con la Creación.

Los buscadores de la verdad son almas que ya están cansadas de morir y nacer y andan en busca del camino espiritual, van de religión en religión, de grupos en grupos, hasta que un día encuentran el verdadero camino donde le enseñarán el porqué de las cosas, quién es Dios y dónde está, qué es la Creación y qué son las vidas pasadas, entonces es cuando encuentran los verdaderos guías espirituales, donde se les enseñarán los misterios de la vida y sus profundidades.

A través de la andadura de las existencias nosotros los seres humanos buscadores de la verdad venimos a pagar todas las infracciones que hemos cometido en contra de las leyes de la naturaleza y en contra de la ley divina.

Toda infracción que se comete en contra de cualquier ley siempre es cobrada por una superior y esa superior es la ley que rige el alma "La ley del karma".

Al violar las leyes, estamos en contra de todo tipo de evolución, incluyendo todos los reinos que existen, porque estaríamos estancando el avance de cualquier criatura o elemental de la naturaleza.

Los reinos todos tienen vida y necesitan evolucionar, así como nosotros necesitamos hacerlo para poder avanzar en el camino de regreso a casa.

Para regresar a casa tenemos que agotar todo tipo de forma viviente que existe en los diferentes reinos de la Creación.

Respetando toda forma de vida estaríamos respetando a Dios, a la Creación, y también a la misma evolución.

Si nosotros como alma aceleramos el trabajo por la luz y nos purificamos terminaríamos con la evolución dentro del cuerpo de Dios, y entonces podemos ver el nuevo amanecer en una nueva Creación.

Tenemos que trabajar por la gran obra del padre, trabajando por las almas que aún siguen en el gran sueño de la existencia; tenemos que sacarla de ese sueño.

Muchas almas seguirán durmiendo en el ir y venir de las existencias por miles y miles de años, pero todas llegarán de regreso a casa, he ahí donde radica nuestro trabajo por la luz, tenemos que ayudar a encaminar todas las almas que andan navegando por las existencias en busca del camino de su propio origen.

Todos somos vida, todos somos energías que emanamos de la misma fuente y del mismo conocimiento, y todos venimos del mismo origen.

Existe una gran diferencia entre el mundo espiritual y el mundo material, para una persona común y corriente del montón desligarse del mundo material, tiene que comenzar a retirarse de los placeres del mundo y de la materia, del qué dirán de la gran sociedad que le rodea y de un sin número de cosas que lo atan de ese mundo, ese es el comienzo y la antesala del mundo espiritual, es comenzar a negársele a los placeres egoicos de la personalidad, es comenzar a caminar por el sendero luminoso que nos llevará a descubrir el conocimiento del alma.

Hay personas que no se le puede hablar de Dios, esa son personas que le faltan por recorrer muchas existencias para poder tolerar el nombre de Dios, pero por su ignorancia no saben que como quiera Dios está en ellos, en vida, espíritu, conciencia, energía, luz y materia, pero esta pobre humanidad que no sabe lo que quiere ni mucho menos no saben quiénes son, viven una vida completamente durmiendo, cometiendo delitos y graves errores a diestra y siniestra, viven la vida sin ningún sentido de ser, para ellos solo existe lo que ellos observan en esta tercera dimensión, que solo se ve un veinticinco por ciento de todo lo que existe y aún siguen ignorando los misterios de la vida y de la misma naturaleza que son ellos mismos.

El Camino del Iniciado y la Emanación del Conocimiento

La emanación del conocimiento divino del iniciado, a medida que va haciendo su trabajo de purificación, fluye la luz de su real Ser, emana la consciencia superior y la luz Divina. Cuando el iniciado hace su recorrido por el sendero de la luz y fija su horizonte, no hay prueba ni proceso que lo hagan retroceder hacia atrás. En este camino el iniciado va profundizando a medida que su consciencia va creciendo, siempre y cuando tenga como objetivo llegar a su auto-realización de su real Ser.

Dando conferencias de este conocimiento, haciéndole consciencia a la humanidad de que somos almas que venimos en peregrinajes a través de las existencias y las diferentes culturas del alma, tenemos que saber que nosotros no somos solamente el alma, sino, que somos una consciencia que va en evolución y mientras más trabajemos por la humanidad, más avanzaremos en el camino de la luz. Tenemos que liberar esa luz que llevamos atrapada en nuestro interior, tenemos que purificar nuestra alma para que la luz de nuestro Ser brille e ilumine nuestro camino de regreso a casa.

El trabajo de un iniciado tiene que ser individual, porque las iniciaciones son individuales. Así como cada cual tiene su alma y su consciencia, así tenemos que encarnar a nuestro Maestro interno por separado.

Este es el sendero de los procesos difíciles, el sendero de las pruebas en que cada iniciado es sometido a limpiar su propio camino que ha formado a través de todas sus andaduras, por las diferentes existencias. Los delitos, los errores y las violaciones cometidas por nosotros, son las consecuencias por lo cual hemos sido sometidos a las duras pruebas y los duros procesos en el camino iniciático.

Cuando el iniciado es sometido a un proceso es como si tuviese una venda que no lo deja ver, pero tampoco entiende ni siquiera a su guía porque el único que tiene la razón es él y más nadie; no oye ni entiende. Para el iniciado oír y entender un proceso tiene que haber trabajado con la obediencia y la humildad, porque solo así puede dejarse guiar de su guía espiritual y poder pasar el duro proceso al cual ha sido sometido.

Hay iniciados que por no tener obediencia y no haber trabajado con su interior, no pueden pasar una prueba; entonces se la tiran una y otra vez hasta que pueda pasarla, porque hasta que no la pase no puede subir de grado, y no puede obtener una consciencia más elevada en el camino iniciático. Entonces, cuando uno es sometido a un proceso lo mejor es bajar la cabeza y ser humilde.

Hay que saber que nosotros hemos estado sometidos por miles de años a la evolución de las formas, que el camino iniciático es largo, que hay que recorrerlo y por lo tanto, hay que avanzar y cumplir nuestra misión. Ya es hora de ir despertando para de una vez y por todas despertar a otros que también tienen que despertar en el camino de la evolución de las formas.

Definitivamente la gente común y corriente del montón viven sumergidas en un sueño, no saben que existe el peregrinaje del alma ni mucho menos conocen las leyes que la rigen. No saben por qué vienen a este mundo; unos vienen a sufrir y otros a ser felices, mueren sin saber nada de nada, diferente al iniciado que ya está en estos estudios superiores, que puede profundizar y conocer los misterios de la vida y de la muerte. Muchos ya saben quiénes son, de dónde vienen, qué hacen aquí y para donde van; ya conocen qué es la evolución del alma y cómo se hace. Entonces ya solo se tienen que dedicar al trabajo en el camino de la gran obra y por su liberación de su real Ser. Practicando todas las técnicas y estudiando este conocimiento podemos avanzar en el camino de la liberación del alma.

Si a través de todos los tiempos nosotros hemos oído que existen los Maestros de la luz y los Maestro ascendidos, entonces, ¿por qué no seguir las enseñanzas de ellos y sólo nos conformamos con que son enseñanzas muy buenas, pero no la practicamos? Nosotros los iniciados seguidores de la luz tenemos que volver de regreso a casa pero ya con una consciencia superior, lleno de luz, evolucionado y con una misión cumplida.

Para llegar a casa necesitamos comprender muy afondo y conocer los misterios que encierra el camino evolutivo en el orden Jerárquico Divinal. El iniciado tiene que conocer el mundo Ultra físico, el mundo de las Dimensiones Superiores, el mundo o los reinos angelicales y así conocer las diferentes Jerarquías que existen en la Altas Esferas luminosas.

El camino para llegar a Dios está lleno de obstáculos que uno mismo lo ha construido, entonces uno es el que tiene que limpiarlo por medio a los procesos y a las diferentes pruebas las cuales nosotros tenemos que enfrentar.

¿Qué es un iniciado? Es un discípulo que estudia la sabiduría de un Maestro, el cual posee una escuela iniciática donde se enseñan prácticas para la purificación del alma y la auto-realización del Ser. Un verdadero iniciado que esté en los caminos iniciáticos no puede violar ningún tipo de leyes, sean de la naturaleza, del hombre, universales, cósmicas o Divinales, porque si viola las leyes no estaría amando a Dios en todas sus extensiones y no estaría acorde con la Creación.

Todos pertenecemos a un reino que se llama: el reino humano. Todos los reinos poseen la vida; la vida es el mismo Dios; Dios está en toda la Creación y la Creación es Dios. Quien viola las leyes viola la Creación, todo lo que existe está sometido a las leyes que existen en el universo y en el Cosmos; hasta el mismo Cosmos y los dioses están sometidos a las leyes Divinales. Mis queridos hermanos, si los dioses están sometidos a las leyes Divinales, ¿quiénes somos nosotros para violar la Creación con todas sus formas evolutivas? Por eso es nuestro peregrinaje por las diferentes existencias y por eso es que estaremos pagando karmas, por estar violentando la Creación.

Nunca viole la Creación y dejará de sufrir.

Obediencia de un Discípulo a un Maestro

De la mano del ser camino a casa; hablando con humildad y con obediencia, nosotros los seres humanos que habitamos en este planeta estamos sometidos a las diferentes leyes de hidrógenos muy pesados, solo siguiendo los consejos de los maestros y practicando sus enseñanzas podemos sensibilizarnos. Tengo que hablar de la humildad que tiene que tener un discípulo hacia un maestro; un maestro es el Gurú, el guía y el faro de luz que va alumbrando el camino del discípulo para que ese discípulo vaya recorriendo el camino que lo llevará de regreso a casa, tenemos que ir de las manos del maestro para no extraviarnos en el camino iniciático, que tantas pruebas y procesos tenemos que pasar, por eso es que necesitamos del conocimiento de un maestro para que sea el maestro que nos vaya alumbrando en las iniciaciones y en el recorrido por esta existencia y por esta dimensión.

Si nos desviamos y desobedecemos al maestro que es la luz que nos alumbra, ¿quién lo hará por nosotros?

La obediencia y la humildad son la base donde el iniciado se apoya para seguir caminando al lado de un maestro, si no hay obediencia ni humildad fácilmente el discípulo se pierde en el camino de regreso a casa. Un discípulo siempre tiene que ser fiel al maestro, porque el maestro es la fuente de emanación de la sabiduría Divina que bajan de las dimensiones superiores.

He visto a muchos discípulos contradecirle un conocimiento a un maestro, eso es pura desobediencia de un discípulo a un maestro, el verbo de un maestro es sagrado porque es Dios mismo que está integrado en su interior. Cuando un iniciado llega a la maestría es porque ha integrado a Dios en su corazón dándole pura sabiduría, manifestándose en amor, en caridad por la humanidad y por todos los seres vivos.

Cuando un iniciado es fiel a su maestro, a su enseñanza y sigue cabalmente sus prácticas, ese iniciado por lógica superior tiene que avanzar en el camino que lo conduce a casa, porque es el maestro quién le va alumbrando el camino de las pruebas y los procesos; jamás un iniciado debe coaccionarle un conocimiento a un maestro, porque en el momento en que lo haga ahí comienza su descenso en el camino, nunca el discípulo puede creer que sabe más que su maestro, porque el maestro es el manantial de la sabiduría Divina, es por donde fluye y refluye el conocimiento superior.

Las profundidades de un maestro es un misterio que ni el mismo Bodhisatwa lo conoce ni lo sabe, un maestro es la misma manifestación de Dios, es el verbo hecho carne.

Cuando el iniciado va camino a la maestría tiene que llevar un trabajo equilibrado por la humanidad y por su interior, purificando su alma y cumpliendo con su misión de sacrificio por la humanidad que tanto lo necesita, así como uno necesita de su Gurú para que nos guíe en el sendero de la luz Divina de Dios.

Necesitamos integral la luz y la sabiduría de nuestro Dios interno para poder iluminar a esta humanidad doliente que está sumergida en el mundo de las lisonjas; en cada átomo de nuestro cuerpo está la fuerza sagrada y la sabiduría divina de las cuatro fuerzas de la Creación y en nuestra conciencia también se encuentra el peregrinaje de todas las existencias de nuestra alma. Si el iniciado supiera que la sabiduría divina está a nuestro alcance se dedicara con cuerpo y alma a la purificación de nuestro interior, entonces brillará en nosotros la luz de nuestro Real Ser, esto se logra por medio del proceso iniciático, por lo tanto, es indispensable mejorar nuestra conducta para que nuestra realización tenga sentido en el camino de la luz.

Tenemos que alcanzar el fruto de nuestra iniciación para así poder cosechar las virtudes de nuestro Real Ser. Tenemos que iluminar el laberinto que uno mismo ha formado en su interior, hay que sacar de lo más profundo de nuestra alma los recuerdos de tantas inmundicias que hemos cometido a través de todas las existencias.

Con el advenimiento de nuestro Real Ser podemos desarrollar las grandes virtudes, poder oír, tocar, y palpar a los ángeles, arcángeles, serafines, potestades y virtudes y de una vez y por todas llegar hasta la unión con Dios; eso es la llegada a la maestría.

Se hace imposible encontrar una persona que haya logrado un estado de conciencia superior en este tiempo en que vivimos. La humanidad vive en un sueño profundo, y sin lugar a equivocarme creen que están despiertas. Nuestro planeta Tierra también tiene conciencia, hasta las células de nuestro cuerpo tienen una conciencia celular; también las galaxias tienen su conciencia cósmica y en sí todo lo que existe tiene su propia conciencia.

Todo lo mencionado está constantemente aumentando su conciencia para darle paso a su propia evolución, nada se está tranquilo todo evoluciona, desde las pequeñas células de nuestro cuerpo hasta los universos que existen en las profundidades del Cosmos, hasta los dioses que se encuentran en el absoluto también evolucionan. Nosotros los seres que vivos en esta dimensión tenemos que trabajar con nuestro interior para poder despojarnos de tantos agregados psicológicos que en nuestro interior habitan, tenemos que trabajar con nuestra conciencia para elevar el estado de conciencia a un nivel superior, hay que iluminar nuestro interior; luz y conciencia en el fondo es lo mismo todo obedece a una misma ley.

Todo aquel iniciado que estudia este conocimiento superior y lo practica, de hecho, va rumbo de regreso a casa. Es bueno conocer los misterios que encierra este camino iniciático, este conocimiento nos da el crecimiento interno. La mayor aspiración que un iniciado puede tener es unirse con su Real Ser, llegar a la maestría para de una vez y por todas liberarnos de la ley del Retorno.

Para llegar a la maestría tenemos que rendir cuentas de todos los karmas que a través de todas las existencias nos hemos ganado, tenemos que limpiar el camino para poder unirnos con nuestro Dios interno. La raza humana tiene todas sus facultades completamente atrofiadas, dormidas; las malas costumbres nos han llevado a tener un resultado kármico.

El vehículo del iniciado para llegar a la maestría es la humildad y la obediencia. Cuando nosotros logremos limpiar el camino iniciático se acabaron los sufrimientos, y los karmas; entonces volverá la luz a brillar en nuestro interior y seremos acompañados por los maestros de la luz y por los Altos Jerarcas del Cosmos Infinito.

Manifestaciones Superiores

Hablando de los grados que existen dentro del reglón Divino jamás imaginado por muchos Maestros que existen, y mucho menos por esta humanidad; hay dioses creadores de galaxias y hay otros creadores de Sistemas Solares. Siguiendo esa línea, también los hay que hacen mundos; estamos hablando de consciencias luminosas con un grado de conocimiento Divino elevadísimo más allá de los Maestros ascendidos.

Hay tronos que rigen a otros dioses de elevada consciencia superior, esos dioses no pueden jamás manifestársele a un ser humano cualquiera que no tenga una consciencia superior. Para ellos ayudar a una humanidad evolutiva como la nuestra se valen de los Maestros de la luz y los Maestros ascendidos, pero jamás se van a manifestar donde reina el odio, el rencor y tantos defectos contagiosos; defectos que tenemos que trabajar para poderlo expulsar de nuestro interior y así evolucionar. Esos dioses y esas altas Jerarquías se manifiestan en las dimensiones superiores, en humanidades altamente evolutivas como son en las dimensiones donde pertenecen los Maestros de pura energía y los ángeles y arcángeles.

La espiritualidad no se puede confundir con los grados de consciencia, la espiritualidad es un término, más bien es el camino que nos conduce a obtener grados de consciencia. Hay personas que se convierten en líderes espirituales pero no tienen un grado de consciencia en su largo recorrido espiritual, solamente se encuentran en el camino espiritual, son personas que no trabajan con su consciencia o con su interior; entonces no es lo mismo la espiritualidad que los grados de consciencia.

Los grados de consciencia se obtienen cuando la persona, sea hombre o mujer, trabaja con sus agregados psicológicos y su purificación interior, entonces usted está integrando la consciencia positiva, usted está obteniendo los verdaderos grados en su camino espiritual.

Existen personas en el mundo de la materia que no saben ni siquiera que existen, no conocen lo que es la consciencia ni tampoco lo que es el alma, mucho menos lo que son los grados de consciencia. Todavía les falta vivir experiencias que para ellos son muy buenas pero se encuentran sumergidos en el mundo de los placeres, en el mundo de las lisonjas, en el camino de los vicios y de los errores que los conducen al abismo.

A través de los tiempos y de las épocas las Jerarquías Divinas siempre nos han acompañado y nos han enviado diferentes guías espirituales como son los distintos Maestros que han pasado por esta humanidad. Ejemplo: buda, Krishna, Jesús El Cristo, Saint German entre otros Maestros que han venido a trabajar por esta humanidad y que hoy no están físicamente con nosotros, pero siguen ayudándonos desde otras dimensiones más superior a esta Tercera Dimensión.

Desde tiempos inmemorables los Maestros ascendidos nos han traído diferentes conocimientos y técnicas para nuestro desarrollo espiritual, ese es su gran sacrificio por nosotros los seres humanos de la Tercera Dimensión. Uno de los Maestros que han venido a traernos técnicas lo es: El Venerable Maestro Ascendido Desoto, cuyo Maestro nos trajo la técnica de la expulsión de los agregados psicológicos que en nuestro Interior existen. Él nos habla en sus diferentes libros, que son más de 38, sobre la purificación de nuestra alma y del origen de ella; también nos habla del Origen de Todo lo que Existe, de la gran expansión de Dios y de las manifestaciones de Dios a nivel Cósmico.

Existen grados y grados en el camino espiritual que solamente se adquieren haciendo el trabajo por la humanidad, cumpliendo nuestra misión como alma que somos, porque toda alma viene con una misión la cual ha sido olvidada en el transcurrir de las existencias con las diferentes personalidades que hemos tenido y que como alma necesitamos, porque no hay alma sin una personalidad. La personalidad es como el micrófono por donde se expresa el alma.

Es evidente que aquella persona que trabaje en el despertar de la personalidad y la purificación de su interior, o sea, de su alma, está en el camino correcto para alcanzar un grado superior de consciencia. Los grados de consciencia no se alcanzan rezando ni creyendo en que Jesús El Cristo nos viene a buscar, solamente se logran con el trabajo de día a día por nosotros mismos y por la humanidad que tanto lo necesita porque se encuentra sumergida en un sueño.

Necesitamos acelerar nuestro trabajo interno para poder alcanzar un grado en la alta esfera luminosa para pertenecer a las diferentes Jerarquías Divinas. Una vez alcanzado el trabajo interno de nuestra purificación nos distanciamos más de esta Tercera Dimensión y nos acercamos más a los grados superiores de consciencias para nunca más volver a esta Tercera Dimensión, y de una vez y por todas trascender las formas de esta dimensión.

Cuando el alma se cansa de andar de existencia en existencia, de morir y nacer, entonces comienza la búsqueda del camino espiritual por los diferentes grupos religiosos y esoteristas; luego viene lo que son las lagunas de los diferentes conocimientos lo cual no lo dejan pertenecer fijo en ningún grupo. Esas personas comienzan a cuestionar el conocimiento que se le está dando en el momento, ya que creen que se lo saben todo y que nadie sabe nada, solo él sabe y sigue buscando el camino evolutivo de su propia alma; entonces sigue en el mundo del análisis, más no en el de la comprobación. Cuando esas personas llegan a una escuela iniciática como lo es la escuela iniciática del Venerable Maestro Ascendido Desoto, entonces es cuando verdaderamente comienzan a estudiar lo que es el bien y el mal, comienzan a estudiar los misterios y las profundidades de las manifestaciones de Dios. También comienzan a desentrañar los misterios de las iniciaciones que no es más que el camino de la consciencia superior y los grados de consciencia. Comienzan el camino ascendente que los llevará de regreso a su lugar de origen libres de toda deuda kármica que hemos venido arrastrando por milenios de años y existencias, cansados de morir y nacer como lo dice nuestro amado y Venerable Maestro Ascendido Desoto, en el vaivén del retorno.

Haciendo nuestro trabajo en el camino que nos conduce a Dios podemos elevar nuestro grado de consciencia ayudados por los guías espirituales. Siguiendo sus consejos y obedeciendo podemos acercarnos más a las dimensiones superiores de consciencia, porque sin obediencia y humildad no llegamos a ningún lado ni tampoco alcanzaremos los grados evolutivos.

Tenemos que saber que existen grados divinales jamás conocidos por esta humanidad y que en el nivel que nos encontramos nosotros podemos decir que nos faltan por alcanzar muchos niveles de consciencias. Nosotros los seres humanos todavía nos encontramos en la dimensión de los pensamientos densos y pesados, ese es el mundo de la materia; es por eso que no podemos alcanzar a comprender esos grados de consciencias desconocidos por nosotros.

Dentro del Cosmos Infinito está los manifestados y los inmanifestados que a medida que vayamos alcanzando grados, los inmanifestados se hacen manifestados. Los manifestados para nosotros es lo que podemos observar y los inmanifestados es lo que no podemos ver por no tener un grado superior. Es por eso que existen los inmanifestados para los diferentes grados, por lo tanto, hay grados y grados, escalas y escalas, hay Querubines y Serafines, tronos y potestades.

El Principio de la Creación

El planeta Tierra fue creado por el señor Jehová. Existe un proceso para la creación de un mundo. Los jardineros del espacio se dan a la tarea de transportar la semilla de las diferentes humanidades del cosmos infinito a un planeta virgen. Antes de eso, es necesario que los dioses santos del cosmos infinito cumplan con su misión de crear el planeta. Al principio, todo planeta tiene que conformar la vida dentro de él, la naturaleza, los ríos, los lagos y es entonces que los jardineros del espacio traen la vida a ese planeta y las diferentes razas.

Pero, ese no es el principio de la creación. ¿Por qué ese Dios creó este planeta? Porque existe un equilibrio en el cosmos infinito. Ninguna de las humanidades del cosmos infinito puede desaparecer por completo, porque se rompería el equilibrio cósmico.

Para conocer más a fondo acerca de este tema es necesario estudiar y explicar cuán profundo y grande es el cosmos infinito.

La creación no comenzó cuando Jehová creó este planeta. La creación ya existía; él había creado otros mundos. Las diferentes razas que habitan en este planeta son humanidades remanentes de diferentes puntos del cosmos infinito. Es por esto, que hay almas remanentes en nuestro planeta Tierra provenientes de las diferentes humanidades que existen en el cosmos.

Esas almas remanentes traídas del cosmos infinito son almas, como ya hemos dichos, pertenecientes a otros sistemas solares o galaxias que, como el nuestro, están a punto de extinguirse.

Las semillas son aquellos seres que actúan conforme a las leyes divinas y naturales de un planeta. Son los llamados escogidos. Son el fruto de la divinidad. Esa minoría más bien es el 1% que se salva de todo el planeta o de esa humanidad.

Tal y como otras semillas han sido rescatadas de sus planetas a punto de morir, de igual manera seremos nosotros rescatados antes de que muera nuestro amado planeta.

Es el llamado secuestro, rescate o apocalipsis de las religiones.

El hablar de la creación es irnos más allá de la luz. ¿Qué existía en el planeta al principio de la creación? ¿Qué se presenciaba cuando no había nada? Existía agua solamente, no existía la tierra, naturaleza, nada, es por eso que este tema se va mas allá de la luz.

Según la sagrada escritura dice el planeta se creó cuando Dios dijo: "hágase la luz". Ahí comienza la energía, porque la palabra es energía. Por otro lado, ¿quién no cree en la existencia de otros dioses? No creer en otros dioses es no creer en sí mismo, no creer en la evolución y por lo tanto no creer en el maestro Jesús el Cristo.

A través de la evolución llego Jesús el Cristo a ser un Dios. Hablando de la evolución es bueno referirnos a las cuatro fuerzas de la creación que son: el padre cósmico común, la madre cósmica común, el Cristo cósmico común y el sacratísimo Espíritu Santo.

Cada una de estas fuerzas representa al Dios de todo lo creado; es Dios mismo diluido en el espacio infinito. El padre no gesta, es la madre quien gesta los mundos, el Padre es la sabiduría, el Cristo representa el amor universal cósmico incondicional.

Si no existieran los dioses, tampoco existirían los ángeles, los maestros ascendidos o maestros de la luz. Si no existiera la evolución, no existirían los maestros de la luz, los maestros ascendidos, ángeles, arcángeles y las diferentes jerarquías divinas, y mucho menos las diferentes humanidades que habitan en todo el espacio infinito.

Todos tenemos que unirnos al Padre. Claro está, depende del trabajo interno y espiritual de la persona. Aunque tome vidas y vidas, todos tenemos que algún día regresar al Padre y, por lo tanto, evolucionar.

Jesús el Cristo vino a pasar un proceso cósmico para poder llegar al creador. Para poder pasar por todos esos procesos, tenía que nacer como un ser humano para no romper las leyes de nuestro planeta Tierra. Él pudo haberse materializado en nuestro planeta, pero para no romper las leyes del planeta, tuvo que pasar por el nacimiento a través de una matriz. Ahora él anda en otra misión por el cosmos cumpliendo las órdenes del Padre.

Muchas personas se creen que somos los únicos en el cosmos infinito. Desconocen que existen millones y millones de sistemas solares, millones y millones de galaxias que están habitadas por diferentes humanidades altamente evolutivas con una conciencia mayor a la nuestra.

En una galaxia existen pocos planetas-escuelas los cuales están en evolución. Estos planetas carecen de tecnología mayor a la nuestra.

Si somos los únicos que existimos en un planeta en el cosmos, entonces pensaríamos que Dios es pequeño y nos preguntaríamos, ¿para que se creó el cosmos infinito? Esto significaría que no existen otras humanidades. Jesús dijo: "mis conocimientos no son de este mundo". Entonces, ¿a qué mundo se refería ese gran ser? ¿Para qué crear un cosmos infinito para una humanidad tan contagiosa como lo es la nuestra?

Los dioses santos del cosmos han visto crear galaxias, universos, soles, esferas y las diferentes humanidades. Para llegar a hacer parte de los dioses santos tenemos que pasar por cuerpo de materia, cuerpo de luz, cuerpo de energía y cuerpo de fuego.

Leyes que Rigen las Almas

La Ley del Karma y del Dharma es una Ley superior que regula el alma, esa Ley controla el alma a través de todas las existencias que hemos tenido. El Karma es el castigo que uno recibe por los delitos cometidos en contra de una persona, en contra de la naturaleza y en contra de uno mismo.

Si uno ha cometido un delito, como por ejemplo: una persona le quita la vida a otra o se quita la vida, esa persona que se quita la vida cuando vuelve a nacer y se encuentra en su mejor momento de esa existencia, cuando esté lleno de alegría, lleno de vida gozando de alegría y felicidad, la Ley Divina entonces le cobra aquel momento en cuando él cometió el delito de quitarse la vida o el momento en que él le quitó la vida a otra persona.

Es una Ley la cual toda persona nacida tiene que cumplir tarde o temprano.

Hay muchos niños que vienen con un defecto físico o una enfermedad de nacimiento, pueden venir ciegos o como hemos dicho con diferentes condiciones, sea física o mental.

También pueden venir sometidos a la pobreza total, la misma Ley acondiciona el entorno para que todo sea regulado por el orden de la Ley del Karma. Todo se paga aquí en esta existencia o en la venidera, acordándonos de la antigua Ley del Talión "Ojo por ojo y diente por diente" que no es más que la misma Ley del Karma.

Existe el karma colectivo a nivel de ciudades o a nivel de familias; si una persona a través de diferentes existencias viene desencarnando personas o mejor dicho, dándole muerte a otro convirtiéndose en una persona violadora de la vida, está tan cargada de karma de esa índole que la Ley decide mandarla a una existencia donde pague por una vez todos los asesinatos que ha cometido en contra de la Ley de la Vida.

La Ley recoge todo aquel que también ha cometido el mismo delito, naciendo como hermano, lo manda como familiares del que tiene que pagar esos karmas. Ya una vez llegan todos como hermanos y también como padres, o sea, totalmente una familia kármica completa, entonces la Ley comienza a cobrar cuentas de vida pasada. De repente viene un asesino y mata a toda la familia menos a él, porque él tiene que sufrir, todo lo que hizo sufrir a cada familia de cada uno de los que él asesinó en existencia pasada. Esa persona tenía que quedar viva para que sufriera en carne propia todo sufrimiento que hizo pasar a otros en otras existencias.

Lo mismo sucede con una cuidad, cuando el karma es colectivo la Ley del Karma cobra colectivamente, sea con un terremoto o con un huracán destrozando toda la cuidad. Todos están pagando la infracción de la naturaleza, porque todos, algún día en existencia pasada, le hicieron daño a la naturaleza; como por ejemplo: contaminando los cuerpos de agua, entiéndase, los ríos, los mares y otras cosas como son hacerle daño a todos los reinos de la naturaleza. Entonces la naturaleza ajusta cuenta sometiéndolos colectivamente a todos a pagar un karma colectivo a nivel de cuidad; pagando así todo delito cometido en contra de la Creación y en contra de Dios.

Nuestro hogar hay que cuidarlo, el planeta Tierra, cuidando los animalitos, no destruyendo los bosques y el reino vegetal que tantas vidas nos proporcionan. El mundo vegetal nos da alimentos, oxígeno y tantas cosas más.

¿Qué sería de nosotros los seres humanos sin la naturaleza, sin los diferentes reinos que nos brindan tantas cosas para poder sobrevivir en esta tercera dimensión?

Los diferentes castigos a los cuales somos sometidos todos nosotros los seres humanos o esta humanidad, es por la falta de consciencia que tenemos por no saber qué es la naturaleza y qué es la Creación; somos parte de la naturaleza, somos Conciencia en la Creación.

Tenemos que despertar en esta tercera dimensión, tenemos que estudiar la naturaleza y sus reinos en todas sus profundidades.

La Creación, sus Manifestaciones y sus Leyes

Nosotros venimos sin saber que trayectoria traemos desde otras existencias, no sabemos cuál es la carga kármica y sufrimiento a la cual vamos a ser sometidos por las leyes de Dios. Todo ser humano tiene que pagar todo el daño que le ha causado a la Creación en cualquiera de las existencias que ha tenido en sus trayectorias por la Tercera Dimensión.

Si somos violentos en la creación estamos en contra de la naturaleza y de Dios mismo, porque por medio de la Creación es que Dios se manifiesta; se manifiesta en la lluvia, en las nubes, en los ríos, en los mares, en los árboles, en el viento, en los pájaros y animales, y si le hacemos daño a los pájaros o a cualquier criatura que pertenezca a la Creación o cualquier reino que pertenezca a ella, contra Dios mismo estaremos actuando.

Entonces tenemos que pagar las violaciones que cometemos en contra de la Creación y sus leyes. Para haber un equilibrio tienen que existir los diferentes reinos, sean microscópicos de la naturaleza o de la misma Creación.

Así como existen leyes desconocidas también existen reinos no vistos por los seres humanos, no sabemos qué tipos de leyes son, ni qué tipo de energía poseen esos reinos. Hay reinos que pertenecen a dimensiones no conocidas por nosotros los que pertenecemos a este plano dimensional, como también hay otros pertenecientes a los arcángeles y dioses santos, ya estamos hablando de reinos altamente divinales, reinos que son pocas las leyes que los rigen por ser reinos de altas Jerarquías Divinas.

El hablar de la Creación es hablar de las profundidades de las manifestaciones de Dios. Si no existiera Dios, no existiera la Creación, tampoco los reinos y mucho menos nosotros ni tampoco se manifestará nada, porque nada existiera ni las estrellas ni el cosmos, tampoco los universos; todos estamos dentro de Dios, por eso somos almas que venimos de un solo padre, porque Dios es el padre de todo lo que existe y todo lo que existe está dentro de Dios mismo.

Entre los mundos creados por los dioses se encuentran sumergidos los reinos que están en plena evolución y dentro de ellos también existen las manifestaciones del Creador, ejemplo; unas de ellas son: los diferentes componentes que componen la naturaleza, la vida, el aire, el agua y mucho más que existen, porque no puedo mencionarlos todos.

Se necesita más que una eternidad para saber cuántas manifestaciones tiene la creación en todas sus extensiones a nivel cósmicos y macro cósmicos, se necesitan muchos mahanvantaras para saber cuántos son los grados conscientivos divinales que existen y cuántas son las Jerarquías y manifestaciones divinales que hay dentro de la creación. ¿Hasta dónde llegarán las profundidades de las manifestaciones de la Creación?

El conocimiento Divino sobre la creación es tan inmenso y profundo que los maestros ascendidos y ni los mismos dioses santos pueden tener conocimientos hasta donde se extiende la creación con todos sus reinos evolutivos.

El hombre común y corriente del montón desconoce cuál ha sido su origen y mucho menos sabe cuándo y dónde fue creado, ¿en qué lugar del cosmos dio principio su creación y quiénes son sus creadores? Querido lector la Creación tiene sus profundidades, sus misterios, sus cosas conocidas y desconocidas.

No se sabe cuántas manifestaciones tiene la creación, porque ni siquiera ningún trono, entienda una alta Jerarquía del Cosmos sabe los misterios de la creación, son muchas las formas de vidas que existen desconocidas, hasta para los mismos dioses.

Nosotros los humanos apenas conocemos unas cuantas de nuestro diminuto planeta. Todo es la creación, no hay una sola cosa que no sea la creación, cualquier persona puede pensar lo que sea o en algún evento que haya ocurrido, ese evento también está dentro de las Leyes de la misma creación, porque la Ley se tienen que cumplir sea en cualquier reino existente; cualquier tipo de manifestación, sea terrenal, de la naturaleza o divinal obedece a las leyes que están dentro de la creación, ¿y quién hizo la creación? (La creación la hizo Dios) con todas sus leyes y con todos sus reinos.

Si no existieran las leyes de la naturaleza, terrenal, universal, galácticas, solares, cósmicas, macro cósmicas y divinal, entonces habría un desequilibrio en todos los niveles de conciencia y en todo lo que es la creación, tampoco existiera la Ley de la

Evolución en ningún reino y mucho menos existiera los niveles evolutivos, ni la Jerarquización Divina, porque todos estaría estancado sin la Ley de la Evolución, como dice el Venerable Maestro Ascendido Desoto, "Nada se está tranquilo, todo se mueve dentro de la creación".

La lluvia es una manifestación de la creación, cuando la lluvia cae ahí se está manifestando la naturaleza a través de sus leyes para darle vida al reino vegetal y a todos sus derivados vivientes; el sol es una manifestación universal para darnos energías a todos los seres vivientes de los reinos de la naturaleza y el reino humano, el sol nos llena de energías porque está cumpliendo una de las leyes cósmicas universal.

Qué fuera de nosotros los seres vivientes de los diferentes reinos existentes de la creación, sin la manifestación solar y sin las manifestaciones de la naturaleza, sin energía solar, sin energía lunar, sin ningún tipo de energía, el reino humano no existiera, porque necesitamos energía proveniente de nuestro planeta, del cosmos y de la creación, sin Dios no podemos vivir, porque Dios es la naturaleza, Dios es todo lo que existe, Dios es el cosmos y también es la creación misma.

Para poder entender las manifestaciones de la creación y poder entender la misma creación, tenemos que explorar el cuerpo vivo de Dios. Nosotros como diminutas conciencias dentro del cuerpo de Dios, nos esperan millones de eternidades, pasando por los diferentes grados divinales, por los grados de los dioses santos, tronos, potestades y meternos al túnel luminoso de la conciencia superior de Dios, para poder ver la dimensión a la cual pertenece el creador de todo lo que existe.

Aún nosotros no entendemos lo que es la evolución, no comprendemos lo que es Dios y sus manifestaciones, porque somos todavía una conciencia en estado de embrión, que aún estamos sometidos a la Ley del retorno, y por no comprender que somos seres durmientes sin saber quiénes somos en la creación ni tampoco sabemos qué hacemos aquí.

Al estudiar y comprender que es la creación, tenemos que saber que la creación es un conjunto de reinos que tiene vida y movimiento; también es muy importante saber que la creación es la misma manifestación de Dios, porque en los diferentes reinos existe la vida, el movimiento, la energía y la materia. Todo lo que está dentro de Dios pertenece a la creación.

La creación de un sistema solar, la formación de una constelación, una esfera luminosa, una galaxia, los soles, los mundos con todos sus componentes que los componen ese es Dios manifestado en la creación, en espíritu y en vida.

Todo lo creado que está dentro del cuerpo vivo de Dios, todo se mueve, porque la misma energía existente del cosmos infinito hace que tenga sus movimientos. Se mueve el cuerpo de Dios, las galaxias y los mismos mundos con todos sus reinos, es el continuo equilibrio del cosmos y el espacio, en todo existe el equilibrio, en la creación y sus reinos, en las diferentes especies vivientes de los mundos; si cortan una planta del reino vegetal se le va la vida y también se le va la energía que proviene de la tierra, así es que todo tiene vida y movimiento.

Hay personas que solo se dedican hacerle daño a todo lo que le rodea, le hacen daño a los animales, y a cualquier persona que se le acerquen a ellos; son personas de bajo nivel de conciencia, no saben lo que es el bien y el mal, le hacen daño a la creación, esas son violaciones de las diferentes leyes, el que viola la Ley del reino vegetal, humano y cualquier tipo de Leyes está construyendo su propio laberinto oscuro tenebroso, que más adelante tendrá que pagar con duros procesos en su futura existencia, porque la ley cobra las violaciones que se cometen contra la Creación.

Las gentes común y corriente no saben qué es la conciencia, porque si supieran no cometieran tantas injusticias en contra de la naturaleza y sus reinos. Hay que saber que, si no existiera la naturaleza, nosotros no existiéramos, no existiera el oxígeno, tampoco los alimentos que provienen de la tierra. Si no existieran las violaciones, no existieran los karmas ni tampoco existieran los sufrimientos, porque la ley que rigen los reinos y la Ley Divina no pueden cobrarnos nada, porque estuviéramos cumpliendo la ley y obedeciendo a la creación y la naturaleza.

Para salir del cuerpo de Dios evolucionado, para transportarnos a través de una energía superior al cuerpo de la Madre Cósmica Común, para entrar a un mahanvantara y ahí gestarnos, tenemos que evolucionar, para poder ver el nuevo amanecer fuera de esta creación y poder ver la creación paralela; entonces continúa la continuidad dentro de la creación paralela.

Antes de este conocimiento existe la continuidad de propósito, existe la continuidad de las energías, la continuidad de la creación de los grados divinales, y de la Jerarquización de los dioses, entonces, ahí no queda la continuidad de los grados divinales de los dioses, tenemos que decir que existe la continuidad de la creación a través de una evolución superior; he ahí que hay conocimientos no alcanzados por otros dioses.

Estamos hablando de un conocimiento quizás no comprendido por la conciencia de algunos seres humanos de esta tercera dimensión, estamos hablando de la sabiduría de los dioses de elevada conciencia superior infinita.

La Creación está conectada a través de la continuidad de una energía superior, por eso es que el conocimiento divino es infinito, por eso es que la creación sigue su continuidad, la creación y la continuidad es como una transición en el infinito macrocosmos.

Nosotros tenemos que decir que en el cosmos hay micro-galaxias donde también existen humanidades de alto y bajo nivel conscientivo.

Para un Jerarca conocer una parte del cosmos se necesitan millones de eternidades y aun así apenas estará comenzando a conocer un solo punto de lo que es el espacio infinito con todas sus humanidades, constelaciones, sistemas solares, estrellas, mundos y esferas luminosas.

Existen muchas formas de vida y también muchos movimientos en lo que se llama la inmensidad y la profundidad del espacio donde palpita el corazón del divino creador de todo lo que existe, dentro de esa profundidad es donde se desenvuelven las diferentes formas de vida y a la vez se desarrollan, dando paso a la misma continuidad de la creación y a la vez a la propia evolución.

La Evolución de los Reinos de la Creación

Cuando hablo de los reinos de la creación, no estoy hablando solamente de los reinos de la naturaleza que estamos observando, estoy hablando de los diferentes reinos de la creación.

Todo en el cosmos evoluciona, los reinos de la naturaleza, los angelicales y los divinales; hasta los dioses evolucionan.

Todo ser vivo está en su mundo evolutivo y en sus diferentes facetas conscientivas; la consciencia aumenta a medida que uno evoluciona.

Los minerales evolucionan y pasan al reino siguiente, el vegetal pasa al siguiente reino, el animal pasa al reino humano, el humano pasa al reino angelical y del angelical pasa al reino divinal, hasta que al fin llegamos a obtener una consciencia individual.

En cada reino tenemos que cumplir una misión y por lo tanto, pasar por las diferentes facetas de consciencia, para así integral en nuestro interior los grados conscientivos de cada reino de la Creación. Es por eso que en capítulos anteriores he dicho que somos consciencia en la Creación, porque venimos integrando las diferentes consciencias de cada reino que existen en el Cosmos Infinito.

Para nosotros los seres humanos de la tercera dimensión poder alcanzar un grado de consciencia angelical o divinal tenemos que hacer un trabajo de purificación de nuestro interior, sacando así todas energías negativas que constituyen la consciencia negativa, entonces podemos pasar de nuestro reino a uno más superior.

Pasando a un reino más superior, entonces pasaremos a obtener otro grado evolutivo superior de consciencia.

Dios es una energía diluida en el Cosmos Infinito y en los diferentes reinos de la Creación, y nosotros somos parte de ellos. Entonces mí querido lector, cuando vaya a hacerle daño a un reino, el que sea, recuerde que usted pertenece a uno de ellos que va en evolución para pasar a otro más superior de consciencia.

Hay que saber que nosotros hemos estado sometidos por miles y miles de años a la evolución de las formas, y que el camino iniciático es largo. Hay que recorrerlo, por lo tanto, hay que avanzar y cumplir nuestra misión. Ya es hora de ir despertando para de una vez y por todas despertar a otro que también tienen que hacerlo en el camino de la evolución de las formas.

Definitivamente la gente común y corriente del montón viven sumergidas en un sueño, no saben que existe el peregrinaje del alma ni mucho menos conocen las leyes que la rigen. No saben porque vienen a este mundo; unos vienen a sufrir y otros a ser feliz. Mueren sin saber nada de nada, diferente al iniciado que ya está en estos estudios superiores, pueden profundizar y conocer los misterios de la vida y de la muerte. Muchos ya saben quiénes son, de donde vienen, que hacen aquí y para donde van, ya conocen qué es la evolución del alma y como se hace. Entonces, ya solo se tienen que dedicar al trabajo en el camino de la gran obra y por la liberación de su Real Ser y practicando todas las técnicas; estudiando este conocimiento podemos avanzar en el camino de la liberación del alma.

Si a través de todos los tiempos nosotros hemos oído que existen los maestros de la luz y los maestro ascendidos, entonces, ¿por qué no seguir las enseñanzas de ellos, y sólo nos conformamos de que son enseñanzas muy buenas, pero no la practicamos? Nosotros los iniciados seguidores de la luz tenemos que volver de regreso a casa, pero ya con una consciencia superior, lleno de luz, evolucionado y con una misión cumplida.

Para llegar a casa necesitamos comprender muy afondo y conocer los misterios que encierran el camino evolutivo en el orden Jerárquico Divinal. El iniciado tiene que conocer el mundo ultra físico, el mundo de las dimensiones superiores, el mundo o los reinos angelicales y así conocer las diferentes Jerarquías que existen en la Altas Esferas luminosas.

El camino para llegar a Dios está lleno de obstáculos que uno mismo los ha construido, entonces uno es el que tiene que limpiarlos por medio a los procesos y a las diferentes pruebas, a lo cual nosotros tenemos que enfrentar.

¿Qué es un iniciado? Es un discípulo que estudia la sabiduría de un maestro, el cual posee una escuela iniciática donde se enseñan prácticas para la purificación del alma y la auto-realización del Ser. Un verdadero iniciado que esté en los caminos iniciáticos no puede violar ningún tipo de leyes, sean de la naturaleza, del hombre, universales, cósmicas o Divinales, porque si viola las leyes no estaría amando a Dios en todas sus extensiones y no estaría acorde con la Creación.

Todos pertenecemos a un reino que se llama: el reino humano y todos los reinos poseen la vida y ella es el mismo Dios, él está en toda la creación, ésta es Dios, y quien viola las leyes viola la creación. Todo lo que existe está sometido a las leyes que existen en el universo y en el Cosmos, hasta el mismo Cosmos así como los dioses están sometidos a las leyes Divinales.

Mis queridos hermanos si los dioses están sometidos a las leyes Divinales, ¿quiénes somos nosotros para violar la creación con todas sus formas evolutivas? Por eso es nuestro peregrinaje por las diferentes existencias y por eso es que estaremos pagando karmas, por estar violentando la Creación.

Nunca violen la Creación y dejará de sufrir.

Revolucionando Nuestra Consciencia Interior

Estamos encajados en un cuerpo de materia, pero no somos ese cuerpo, somos un alma con un cuerpo porque sin el alma el cuerpo (la materia) no se puede mover. De acuerdo a la Creación primero tiene que haber una conciencia, pero antes tiene que haber un alma; pero, ¿de dónde viene el alma? El alma está dividida en tres partes que son: la materia, la parte vital y la parte conscientiva.

Ahora se darán cuenta de lo que es la conciencia y de qué está compuesta. El intelecto: hablaremos de aquel intelecto que tiene nuestra personalidad lo cual está compuesto de lo que la sociedad, la religión, las escuelas y lo que las universidades nos enseñan.

En lo que se refiere el alma, este conocimiento no se aprende en las escuelas, colegios, universidades y mucho menos en nuestro diario vivir. Este conocimiento no emana de la mente sino de la conciencia que es el cúmulo de experiencias vividas en otras existencias y en esta vida, eso es la conciencia.

El conocimiento del alma no emana de la mente, sino del ser íntimo que llevamos dentro, que es nuestro Dios Interno que vive y palpita en nuestro interior.

La conciencia negativa es el cúmulo de energías negativas que uno va adquiriendo o depositando en nuestro interior. Teniendo una conciencia negativa la persona común y corriente de esta humanidad que nos rodea siempre se dedica a hacer el mal porque viene cargado de la misma. Estas personas que poseen este tipo de conciencia quieren seguir en el mundo cometiendo errores en la vida y luego tendrán que venir a una próxima existencia como esclavos del dolor humano que no es otra cosa que el ego.

Mientras seguimos cometiendo errores seguiremos sufriendo o perteneciendo a un planeta escuela, un planeta de sufrimiento y de dolor.

Esa conciencia no es conciencia positiva usted lo que está acumulando es la conciencia negativa, forjando sufrimiento futuro en un mundo de ilusiones, sufrimientos y perteneciendo a una materia densa por sus leyes pesadas, una dimensión de materias densas sujetas a noventa y seis leyes cósmicas.

Hay humanidades que solo están regidas por seis leyes de maestros ascendidos y otras de tres leyes donde habitan los Dioses Santos pertenecientes a la conciencia cósmica universal.

Así como existe conciencia universal y cósmica, existen diferentes facetas de la conciencia: conciencia elemental, conciencia intelectual, conciencia profesional, conciencia universal, conciencia individual y conciencia cósmica. Entonces nosotros los seres humanos tenemos que trabajar y obtener una conciencia superior, tenemos que alcanzar y pertenecer a la conciencia cósmica, ser parte de ella.

Por ejemplo, si la conciencia individual de una persona es semejante a la de los demás, entonces todos van a crear una conciencia colectiva, ya sea que conciencia tenga esa persona ósea una conciencia intelectual, una conciencia universal o cual sea la conciencia, pero sería una conciencia colectiva.

Para llegar a obtener una conciencia superior tenemos que trabajar nuestra personalidad expulsando de nuestro interior toda energía negativa, entiéndase, defectos psicológicos; "limpiar nuestro templo interior".

Existe la conciencia colectiva a nivel de ciudad, cuando sucede un evento, entiéndase, un huracán que destroza una ciudad, estará pagando un karma colectivo (castigo) ganado por una conciencia colectiva, porque en esa conciencia todas esas personas tendrán que pagar juntas por igual.

Nosotros los seres humanos tenemos que cambiar la forma de pensar, tenemos que limpiar nuestra mente de tantos pensamientos negativos para aumentar nuestra conciencia y que nuestro mundo sea mejor. Tenemos que dejar de tirar pensamientos cargado con hidrógeno pesado, eso crea una onda negativa cerebral que le causa dolor de cabeza a cualquier persona que se lo estén enviando.

Hay que cambiar nuestros pensamientos por pensamientos positivos para que así cualquier palabra o pensamiento viajen con hidrógenos livianos, tenemos que liberarnos de esa carga pesada con cada palabra descompuesta que hablamos de algunas personas.

Tenemos que integrar la luz en nuestro interior para que la obscuridad salga hacia el exterior para que sea nuestro Real Ser que habite en nosotros y no el ego. Nosotros no podemos personalizar el ego, sino que aflore nuestro Real Ser para que Dios se exprese a través de una conciencia superior con pensamientos bellos y luminosos.

Tenemos que limpiar nuestro interior, liberándonos y liberando la luz dentro de nosotros para que la otra persona que esté a nuestro lado sienta los sublimes rayos de nuestro Dios interno. Vamos a quitarnos ese traje oscuro para que brille esa luz, tenemos que trabajar rápido porque tenemos muy poco tiempo.

Trabajando con nuestra conciencia positiva podemos unir el alma con el Ser para que emane de nuestro interior el conocimiento superior y el conocimiento cósmico, la esfera luminosa convertida en sabiduría divina.

Tenemos que buscar un conocimiento superior para poder trascender el dolor humano porque mientras estemos perteneciendo a una sociedad de tanta maldad, no encontraremos el camino de regreso a casa.

La personalidad no es el alma, la personalidad pertenece al tiempo. Venimos de muchas existencias cometiendo delitos, errores y atado al ego, pero podemos ponerles freno a esos hechos negativos cometidos por las diferentes personalidades de existencias pasadas. Mientras más rica sea la cultura del alma, mayor será su conciencia positiva.

Las culturas del alma son todas las existencias de todas esas vidas pasadas que hemos dejado atrás, usted deja una personalidad en un país quedando grabada esa cultura de ese país en el fondo del alma. En el fondo del alma están los recuerdos de todas las existencias que hemos tenido.

Por eso es que nos atrae una cultura u otra. Cuando una persona se encuentra con otra y no le cae muy bien, ahí hay un recuerdo grabado en el fondo del alma. Ejemplo: la persona le rompe una pierna a la otra y desencarnan las dos almas, luego se encuentran nuevamente en la existencia actual, rápidamente siente un odio por la otra al encontrarse nuevamente.

Pero como es el alma no sabe quiénes son y nunca se han visto, no saben de dónde viene ese rencor y ese odio. El alma trae consigo lo que hizo bien y lo que hizo mal mientras que la personalidad se forma en esta vida.

El alma necesita de la personalidad para poder realizar su misión en la tercera dimensión. Nosotros los seres humanos que pertenecemos a este planeta escuela, tenemos que buscar el camino para nuestra evolución hacia los reinos superiores.

En una escuela iniciática solamente podemos elevar nuestro nivel de conciencia para unirnos a nuestro Dios Interno que mora y palpita en nuestro interior. Mientras nuestra personalidad siga cometiendo errores en esta tercera dimensión no podemos alcanzar un nivel evolutivo superior de conciencia.

Tenemos que dejar que nuestro Dios Interno guíe nuestro pensamiento para de una vez y por todas acabar con todas las existencias en este plano físico.

Tenemos que expulsar los defectos psicológicos que no nos permiten seguir evolucionando hacia los reinos superiores o dimensiones más sublimes.

Hay grados y grados, escalas y escalas, querubines, serafines, tronos y potestades, para alcanzar grados superiores tenemos que trabajar con nuestra misión a la que nos fue encomendada por las Jerarquías Divinas, misión que ha sido olvidada por nuestra alma a través de todas nuestras existencias que hemos tenido.

El alma como chispa divina tiene que llegar de donde un día salió, victoriosa ya con la misión cumplida, pero para alcanzar ese grado divinal tenemos que hacer un trabajo por la luz, tenemos que unir el alma con el

Ser para poder obtener la expresión viva de nuestro Dios Interno.

La personalidad es parte del alma, el alma es parte del Ser y el Ser es Dios mismo integrado en nosotros, porque somos dioses en miniaturas.

Nosotros como alma hemos tenido diferentes personalidades en diferentes existencias y en cada una de esas existencias hemos cometido errores que el alma tiene que pagar y tiene que limpiarse de todos esos karmas ganados. Tenemos que llegar limpios a unirnos con el Ser porque dice el Divino Maestro Desoto "donde está Dios no está el ego y donde está el ego no está Dios".

Nosotros los seres humanos de este planeta escuela nos hemos olvidado de Dios porque no sabemos quiénes somos ni de dónde venimos o para dónde vamos. Aún todavía no conocemos qué es la conciencia, no sabemos que somos conciencia en la Creación, pero para llegar a esa conciencia tenemos que hacer un trabajo de limpieza interior volvernos trabajadores de la luz y trabajar por ella.

Nuestra misión aquí en la tercera dimensión es trabajar para traer almas a la luz, ese es el verdadero trabajo y nuestra misión como alma.

Tenemos que saber que al hablar de conciencia estamos hablando de Dios porque él está en todos los reinos que haya vida.

La conciencia se encuentra diluida en el reino mineral, en el vegetal, animal, humano, angelical y en todos los reinos altamente evolutivos, porque todo evoluciona hasta los Dioses Santos del Cosmos Infinito, por eso es que somos conciencia en la Creación en sus diferentes grados de conciencia.

El ego, la conciencia negativa pertenece a la tercera dimensión porque no existe el ego en dimensiones superiores. Nosotros en la tercera dimensión estamos sujetos a las Leyes de la Naturaleza de todos sus reinos, es por eso que tenemos que aumentar la conciencia haciendo un trabajo de limpieza en nuestra personalidad, para poder acceder a la Quinta Dimensión donde no existe el dolor ni el sufrimiento de ninguna clase, porque no existe la materia, existen cuerpos de luz, energía y fuego estamos hablando de dimensiones superiores.

Tenemos que dejar el mundo de la materia, pero para poder dejarlo tenemos que trascender el mundo de los egos, porque mientras tenemos un cuerpo de materia tenemos una energía densa por ser cuerpos celulares.

La personalidad pertenece al tiempo y se desintegra en él, pasando el alma a obtener otra existencia por ser una chispa divina que nunca muere y que nunca ha nacido.

El alma viene obteniendo a través de todas las existencias, experiencias positivas y experiencias negativas que es el cúmulo de la conciencia, sea positiva o negativa.

El alma ya cansada de ir de existencia en existencia busca finalmente su evolución, limpiando su personalidad impulsada por su Dios Interno. Su trabajo por la luz es sacar almas de las tiniebla para traerlas a la luz.

Ya es tiempo de regresar a casa de donde un día bajamos a hacer nuestro trabajo por la luz para tener una conciencia superior.

Más Allá de Las Formas

Cuando hablamos de las formas, estamos hablando de las diferentes formas de Dios a nivel cósmico. Dios tiene diferentes formas en la Creación y cada una de ellas tiene sus consciencias. Esas conciencias son las que hacen que las formas evolucionen para alcanzar un nivel superior más allá de las formas.

Tenemos que evolucionar para poder pertenecer al mundo de la luz y las energías. Cada mundo o dimensión posee su forma, esas formas son los diferentes cuerpos que tiene los elementales o almas existentes en la Creación.

Para Dios manifestarse tiene que existir las diferentes formas en los diferentes reinos o dimensiones. Tenemos que convertirnos en seres superiores para dominar las diferentes formas que existen en el universo y en el Cosmos, estas viene siendo el cuerpo vivo de Dios.

En el universo, en el Cosmos infinito, en las galaxias y en las constelaciones, existen seres superiores con diferentes formas, sean angelicales o divinales.

Nosotros los seres humanos tenemos nuestra forma, también los animales tienen sus formas, las gallinas, los peces, los insectos, los minerales, los caballos, los pájaros, en realidad los reinos de la naturaleza y el reino humano tienen sus diferentes formas, entonces podemos afirmar que en esas diferentes formas está manifestado Dios dándole la vida y su vitalidad a todas esas formas.

Existen dioses que toman diferentes formas para manifestarse en cualquier lugar donde lo invoquen, ahí en cualquier sitio acuden a ese llamado. Así también, hay muchas Jerarquías que también toman la forma que ellos quieran, porque tienen el poder y la gracia de hacerlo, se pueden manifestar en forma de ángeles o como soles brillantes de intensa luz.

Cuando la energía se condensa nacen las formas, entonces categóricamente podemos afirmar que todo está dentro del cuerpo de Dios, eso nos da a entender ese gran conocimiento del Venerable Maestro Ascendido Desoto cuando dice: que el Cosmos es el cuerpo vivo de Dios y que todo está dentro de él.

Existe la continuidad, esta se encuentra dentro de las formas, porque si no existiera Dios, no existieran las formas ni tampoco la continuidad. En capítulos anteriores hablo de la Evolución de los diferentes reinos de la Creación, así es que todo evoluciona, evolucionan los ángeles y también los dioses, entonces, existe la continuidad de las formas dentro de la Creación.

Cuando el alma evoluciona pasa a formar parte de otro reino, que es al reino de la luz, entonces ya pasa a tomar otra forma, dejando atrás la forma humana que es lo mismo que evolucionar a otro reino, como lo dicen los capítulos anteriores.

Nosotros los seres humanos venimos evolucionando a través de las diferentes formas de los reinos de la naturaleza; actualmente tenemos una forma física humanoide que nos hace pensar y razonar como humanos que somos.

Los reinos de la naturaleza tienen sus diferentes facetas de formas, cuando todas esas facetas se terminan, entonces viene la evolución de las formas pasando a través de la evolución a otro reino para tomar una forma más evolucionada.

Tenemos que hacer un trabajo con nuestro interior para poder llegar a formar parte de otro reino más evolucionado, tenemos que purificar nuestro interior para pertenecer a otro nivel superior de consciencia y así trascender nuestra forma para convertirnos en luz.

Cada dimensión tiene su forma y Dios se manifiesta a través de ella dándole la oportunidad de que evolucione a otro reino.

La Creación es perfecta y no da salto, por eso existen las dimensiones, los reinos con todas sus manifestaciones, existen diversos seres vivos con sus diferentes movimientos y así en las diversas dimensiones encontramos las variedad de especies con diferentes formas de vida.

También existen humanidades en algunas constelaciones y en los diferentes sistemas solares que tienen formas distintas a otras humanidades.

Nosotros los seres humanos entramos y salimos de una materia a otra, así también los distintos elementales van dejando los diferentes reinos a lo que pertenecen para entrar a otra materia más elevada de conciencia.

Así es el camino evolutivo de las formas, los elementales, y las almas todos estos constituyen la evolución de los diferentes reinos de la Creación.

Existen reinos desconocidos pertenecientes a la Creación, reinos jamás entendidos por la mente humana, estamos hablando de los reinos pertenecientes a los dioses, porque todo evoluciona en el Cosmos Infinito y dentro de la sabiduría de Dios.

Hay dioses que desconocen otros caminos que conducen a otro nivel de consciencia superior de la Creación, estamos hablando más allá de las formas y de cualquier reino conocido por esta diminuta humanidad.

El camino evolutivo es la puerta de la ascensión, es la que nos lleva a la liberación de nuestra alma, es la que nos une con nuestro padre muy amado.

Tenemos que unir el conocimiento del alma con el conocimiento de nuestro Dios Interno, con ese Dios maravilloso, luminoso que espera por nuestra llegada victoriosa.

Hay que trascender todas las formas que existen en la Creación, hay que trabajar para poder lograr la unión permanente con nuestro Dios Interno. Tenemos que convertirnos en Jerarquías Divinas, en dioses y en lo Omnipresente.

Hay que conocer las profundidades divinas del Creador, tenemos que calar peldaños espirituales, grados y más grados para liberarnos de la prisión de las formas. En cada una obtenemos diferentes grados de consciencia, esos grados son el cúmulo de sabiduría que nos da el crecimiento espiritual, es lo que nos hace avanzar en el camino directo hacia el Creador.

Tenemos que perfeccionarnos en el camino evolutivo de Dios, tenemos que cumplir nuestra misión ayudando a esta triste humanidad doliente; ayudando a la humanidad nos ayudamos nosotros mismos.

Somos trabajadores de la luz y tenemos que convertirnos en luz para seguir ascendiendo a otro grado más superior de consciencia.

Cuando unimos el conocimiento del alma con el conocimiento del Ser obtenemos la omnipresencia del creador de todo lo que existe, equivalente a todas las manifestaciones de Dios a nivel cosmológico. Dios como energía está en todos los reinos, está en todas las especies de todas las formas que existen en todos los reinos de la Creación.

Conclusión

En esta obra hemos querido llevarle un conocimiento conscientivo para que la humanidad conozca y comprenda que la creación es un conjunto de vida existente que en cada manifestación nos deja una enseñanza y una sabiduría, pero la humanidad está tan dormida que solo saben hacerle daño a todos los elementos que componen la naturaleza y sus reinos.

La Creación es perfecta, como perfecto es nuestro cuerpo, nuestro cuerpo es un conjunto de sistemas los cuales funcionan al unísono uno con otro.

El objetivo de esta obra es para todas aquellas personas que lean el contenido de la misma, conozcan que sólo observamos un veinticinco porciento de todo lo que existe y que tenemos que hacer un trabajo interno para conocernos a nosotros mismos, entonces a medida que vamos elevando nuestra conciencia podemos ir conociendo el otro porciento que se encuentra más allá de nuestra diminuta conciencia humana.

También tenemos que saber que somos seres vivientes de esta tercera dimensión, y que tenemos un cuerpo físico, y si violamos las leyes de la naturaleza estamos actuando en contra de nuestro propio cuerpo.

Entonces, si violamos las leyes de las dimensiones estamos en contra de nuestra evolución, y si violamos las leyes divinas estamos actuando en contra de nuestra alma, así que no violemos ningunas de las leyes de la Creación.

Cordialmente, El autor.